Otto de Kat

Sehnsucht nach Kapstadt

Roman

Aus dem Niederländischen
von Andreas Ecke

Suhrkamp

Die Originalausgabe erschien 2004 unter dem Titel
De inscheper bei Uitgeverij G. A. van Oorschot, Amsterdam

Die Übersetzung dieses Buches wurde gefördert vom
Nederlands Literair Produktie- en Vertalingenfonds

© der deutschen Ausgabe
Suhrkamp Verlag Frankfurt am Main 2006
© 2004 Otto de Kat
Alle Rechte vorbehalten, insbesondere das des öffentlichen Vortrags
sowie der Übertragung durch Rundfunk und Fernsehen,
auch einzelner Teile. Kein Teil des Werkes darf in irgendeiner Form
(durch Fotografie, Mikrofilm oder andere Verfahren)
ohne schriftliche Genehmigung des Verlages
reproduziert oder unter Verwendung elektronischer Systeme
verarbeitet, vervielfältigt oder verbreitet werden.
Druck: Freiburger Graphische Betriebe, Freiburg
Printed in Germany · Erste Auflage 2006
ISBN 3-518-41828-9

1 2 3 4 5 6 – 11 10 09 08 07 06

Sehnsucht nach Kapstadt

1

Er lehnte sich über die Reling der *Cape Town*, des Schiffs seiner Flucht. Unten dröhnten Motoren, er sah das Wasser zu Schaum werden. Los. Auf dem Kai winkte man. In der Gruppe, die ihn begleitet hatte, standen sein Vater und seine Mutter ganz vorn. Sie versperrten ihm die Sicht, er mußte weg, raus, er wollte verschwinden.

Das Winken wurde heftiger, das magische Winken, dem sich niemand entziehen kann. Er hörte seinen Namen: »Rob, Wiedersehn!« Es war seine Mutter, die rief. Sein Vater sah schweigend zu, nahm, beinah feierlich, den Hut ab und setzte ihn energisch wieder auf. Er selbst wollte die Hand heben, aber aus einer plötzlichen Regung heraus griff er in seine Innentasche. Das kleine Bündel Briefe; Adressen, an die er sich wenden konnte, Referenzen, Leute, die sein Vater kannte. Sorgfältig riß er sie durch; nicht wütend, eher erleichtert. Der Gegengruß.

Im kalten, trüben Januarlicht segelten die Schnipsel in die Tiefe. Ob sein Vater verstand, was er sagen wollte? Er konnte nicht ahnen, daß die kleinen Papierstücke von nun an durch die Träume seines Vaters taumeln würden. Daß seine Mutter ihr Leben lang diese Hand vor sich sehen würde, die die Briefe zerriß. Wer weiß schon von einem anderen, was er denkt und begreift.

Zwei Welten schoben sich auseinander.

Januar 1935. Das Ufer war nun zu weit entfernt, als daß man noch etwas hätte erkennen können. Rotterdam verschwamm im Dunst, die grenzenlose wogende Weite kam. Er drehte sich um, Fremde gingen vorbei, es wurde dunkel an Deck. Wind brachte Kälte aus England. Aber er war auf dem Weg nach Südafrika, in den Sommer. Die alte *Cape Town* hatte diese Fahrt schon viele Male gemacht, er noch nie. Südafrika war sein Ausweg, seine Chance, der Abenteurer zu werden, der er war, der »soldier of fortune« seiner Wunschträume. Ruhelosigkeit hatte ihn schon als Kind beherrscht. Eigensinnig, nicht bereit, sich ins Übliche hineinzufinden, wollte er nicht, was alle zu wollen schienen. Nie hielt er sich an die gewöhnliche Ordnung. »Ducken!« rief er seinen Klassenkameraden zu, zog eine Luftpistole und schoß durchs offene Fenster eine Krähe aus dem Baum auf dem Schulhof. Kurz vor der Reifeprüfung, die er mühelos bestanden hätte, warf er alles hin. Immer folgte er Impulsen, schon früh hatte niemand Macht über ihn. Einmal kletterte er aus dem Abteilfenster eines fahrenden Zuges und blieb bis zum nächsten Bahnhof auf dem Dach des Waggons liegen. Einfach so, ohne besonderen Grund. Er kaufte sich ein Motorrad, fuhr die ganze Nacht durch, um ein Mädchen am anderen Ende des Landes zu sehen. Sie wechselten ein paar Worte, dann wendete er und fuhr zurück. Er sammelte Freundinnen, Clark Gable am Rhein. Seine Unruhe steigerte sich nur.

Die Wochen auf See wiegten ihn in den Schlaf, ins

Nichtstun, in lästige Erinnerungen. Aber sobald das Schiff einen Hafen angelaufen hatte, zog er mit der Besatzung in die Stadt. Hunger nach dem Ungebahnten, Lissabon, Casablanca, Dakar; Durst nach den Geschichten des Schiffs. Nach dreißig Tagen war es vorbei. Mit Seemannsgang, abgehärtetem Magen und zwei Koffern kam er nach Kapstadt. Er kannte dort niemanden. Die Wärme umarmte ihn, eine nie gespürte, bleischwere Wärme. Das Weiß der Häuser blendete ihn. Beim Zoll hielt man ihn lange fest, endlos lange für sein Empfinden. Warum er ins Land wolle, wohin er gehe, wen er kenne – die Briefe, verdammt, er hatte die Briefe zerrissen. In dem halbdunklen Raum des Hafenamts mit dem langsam rotierenden Ventilator an der Decke glaubte er etwas Feindseliges zu spüren. Er strengte sich an. Er mußte und würde es schaffen, in dieses Land zu kommen. Er sagte, daß er schon seit Jahren von Afrika träume. Nein, er könne nicht ohne weiteres einreisen. Nein, nur wenn er Arbeit habe, dürfe er bleiben. Er wollte in Johannesburg sein Glück versuchen, in den Goldminen arbeiten. Er hatte doch nicht Wochen auf See verbracht, um sich zurückschicken zu lassen, zurück nach Europa, in die Krise. Er hatte sich doch nicht jahrelang nach einem anderen Leben gesehnt, um im erstbesten Zollamt alles zunichte machen zu lassen. In seinem Schulenglisch und mit viel Charme redete er sich über die Grenze. Aufgescheucht von den Worten des Zollbeamten, ging er zum Bahnhof und kaufte eine Fahrkarte nach

Johannesburg; nach weniger als einer Stunde war er unterwegs.

»Gut gefahren, Lokführer«, hörte er seinen Vater jedesmal sagen, wenn er nach einer Zugfahrt an der Lokomotive vorbei den Bahnsteig verließ. Sein Vater, der die Welt zu beherrschen schien, großer Mann in kleiner Stadt. Sein Vater, der ihm Zügel anzulegen versuchte und gegen den er sich immer mehr aufgelehnt hatte.

Johannesburg, Goldstadt – fünfzig Jahre zuvor nicht mehr als ein Zeltlager von Männern, die sich mit Spitzhacken in die Erde gruben. Langsam folgte er der Menge vom Bahnsteig zum Ausgang, kleiner Mann in großer Stadt. Dies war der Moment, hier würde er leben, in freier Wildbahn, ohne Referenzen, heimatlos, allein. Aber noch beschützte ihn das Bahnhofsgebäude, noch schien es, als könnte er zurück. Dann war er auf der Straße, in einem Chaos aus Geräuschen. Wieder überraschte ihn die extreme Hitze, wie in Kapstadt. Überall schwarze Menschen, schwärzer als die wenigen, die er in Holland gesehen hatte, Inder, Weiße mit hohen Hüten. Manhattan Afrikas, er kannte den Beinamen der Stadt, aber als er nun durch die Straßen ging, begann sich Johannesburg um ihn zu schließen. Hörte er eine Falle zuschnappen? Das Meer kam ihm plötzlich ganz unwirklich vor, so abrupt hatte die lange Reise geendet. Seine Koffer wurden schwer wie Goldbarren. Geld hatte er aber kaum noch.

»He Boß, kann ich dir helfen?« fragte ein vielleicht fünfzehnjähriger Junge am Eingang der Mine. Er drehte sich nach ihm um, musterte ihn kurz und fragte ihn nach seinem Namen. »Yoshua, Boß.« »Gut, komm mit, aber bleib hinter mir, du kennst dich unten noch nicht aus.« Yoshuas nagelneue Schuhe, eisenbeschlagen, glänzten in dem spärlich beleuchteten Förderkorb, mit dem sie einfuhren. Innerhalb weniger Minuten stürzten sie anderthalb Kilometer in die Tiefe.

Als er selbst zum erstenmal einfuhr, war er erschrokken gewesen, wenn auch nicht ängstlich. Die ungläubige Bestürzung, als der Förderkorb immer weiter fiel, eine Ewigkeit. Es konnte einfach nicht sein, so tief konnte niemand graben, das gab es nicht. Die vollkommene Finsternis, aus der Zeit vor der Schöpfung. Sein Mund wurde trocken, der Schweiß brach ihm aus. Es war eine umgekehrte Geburt, lebendig in ein Grab. Das elektrische Licht, in das er beim Aussteigen trat, hatte ihn noch mehr verwirrt. Langsam, halb blind, war er seiner Schicht gefolgt, durch Stollen, weiter durch andere Stollen und nach einer Abzweigung wieder andere. In die Haarrisse der Mine hinein, kletternd, dann kriechend. Bis es kein Licht mehr gab außer dem seiner eigenen Lampe. Seine ersten acht Stunden unter Tage brachten ihn völlig durcheinander. Das Dunkel umschlich ihn, in der Ferne war das Rattern von Maschinen zu hören, das Stoßen von Förderwagen auf ihren Schienen, die Rufe von Kumpeln. Fortgeschleudert in ein verbotenes

Universum, zerschlagen, beschmutzt. Betäubt war er gewesen wie bei der irrsinnigen Motorradfahrt durch die holländische Nacht. Mechanisch auf, mechanisch ab, acht Stunden Schicht, acht Stunden frei, acht Stunden Schlaf. Seine ersten Wochen, seine ersten selbst geplanten Tage, sein verstörendes neues Leben.

Unten angekommen, ging er dem Jungen voran. Er spürte Yoshuas Verwirrung, und als er sich umblickte, sah er seine vorsichtigen Bewegungen, die große Frage in seinem Jungengesicht. Ruhig und zielsicher führte er ihn zu ihrem neuen nächtlichen Einsatzort. Die Beleuchtung hatten sie hinter sich gelassen, die Kumpel hatten sich verteilt, in dem engen Querschlag lagen nicht einmal mehr Schienen. Er stellte seine Lampe auf einen Felsbrocken.

»Wo wohnst du, Boy?«

Yoshua antwortete in kurzen Sätzen, erzählte in einer Mischung aus Englisch und Bantu von seiner Familie. Zeitweise verständlich, meistens nicht. Fünfzehn Jahre ganz unten, immer draußen, ohne große Erwartungen, das Leben eines jungen Schwarzen; stolz auf die Schuhe, die er bekommen hatte, um arbeiten zu können. Sein Vorhaben war geglückt, er hatte einen weißen Boß gefunden, das bedeutete Schutz und ein bißchen Geld.

Yoshua war geblieben. Jeden Morgen stand Yoshua am Tor und erwartete ihn. Und jeden Morgen gab er Yoshua die Lampe, Zigaretten und etwas Wasser. Der kleine schwarze Junge gehörte zu ihm. Die Pförtner winkten sie mit einer Geste durch, die sagte: gut gemacht, Dutchman. Aber er hatte nichts dafür getan, der Junge hatte sich bei ihm gemeldet, war auf einmal dagewesen. Von einem Vorarbeiter als zusätzlicher Gehilfe geschickt. In den Wochen und Monaten, die folgten, entstand eine zerbrechliche Freundschaft. Yoshua trug das kleinere Arbeitsgerät und das Wasser für beide. Er machte sich in der Nähe seines Herrn zu schaffen und schoß herbei, wenn der sich eine Zigarette anzünden wollte. »Gunschani, Boß?« war sein täglicher Gruß am Eingang der Mine, »wie geht's?« Er zeigte ihm, wie die Acetylenlampe funktionierte, und schärfte ihm ein, nie ihre Streichhölzer fallen zu lassen. Streichhölzer waren äußerst wichtig, die Dunkelheit war einer ihrer Feinde. Die Mine wurde ihre gemeinsame Widersacherin, die sie beinah erwürgte mit ihren zahllosen Stollen. Die lebensfeindliche, die tödliche Mine, das lauernde Tier. Aber mit Tieren war Yoshua vertraut. Er kannte die Berge um Johannesburg, war mit seinem Vater durch die Ausläufer der Kalahari gestreift. Er war Giftschlangen ausgewichen und durch Schluchten gegangen, in die niemals Sonne kam.

Er erzählte seinem Boß, daß sein Vater immer auf Reisen war, manchmal länger als ein Jahr. Und daß seine Mutter bei Weißen arbeitete.

Sie redeten, wenn sie auf einem Felsstück saßen, wenn sie aßen, wenn sie auffuhren. Früh am Morgen schwiegen sie meistens, rüsteten sich innerlich gegen einen Tag unter der Erde. Sie lernten die Gewohnheiten des anderen kennen, respektierten das Schweigen des anderen. Und wenn er auch der Boß war, nie vergaß er, daß der Junge mehr in dieses Land gehörte als er. Seine eigene Jugend in der Provinzstadt am Fluß war durch Abgründe von ihm getrennt. Was hätte er Yoshua erzählen können? Von seiner wachsenden Angst davor, mitmarschieren zu müssen, durch ein geordnetes Dasein. Seine Brüder studierten und würden zweifellos nützliche Mitglieder der Gesellschaft werden. Sein Vater beherrschte die Stadt. Und seine Mutter, seine geliebte, liebe Mutter? Er wollte nicht an sie denken. Sein Leben in Südafrika und sie paßten nicht zusammen, er konnte sie nicht bei sich dulden, sie war seine empfindlichste Stelle. Yoshua fand diese Stelle immer wieder.

»Meine Mutter weckt mich morgens, Boß, und jeden Tag sagt sie, ich soll nur ja gut aufpassen. Sie hat Angst vor der Mine. Aber wir nicht, oder?« Sie verließen gerade den Förderkorb, und Yoshua schaute ihn an.

»Wir nicht, Boy.«

Der Junge hielt ihm ein Päckchen Zigaretten hin, so daß er sich eine herausnehmen konnte. Das Streichholz brannte hell, und wie sie so dastanden, Hände um das Streichholz und die Köpfe nah beieinander, warfen sie einen einzigen großen Schatten. Sie waren in einem Schattenreich, das man sich ertasten mußte. Einer rauhen Grottenwelt, von Explosionen erschüttert. Immer, wenn er die Lampe hob, sprühte das Eisen an Yoshuas

Schuhen Funken. Yoshuas Mutter machte sich offenbar Sorgen, seine eigene Mutter natürlich auch. Er hatte noch nicht viel von sich hören lassen, seit er in Johannesburg lebte. Seine Arbeit als Goldkuli ließ ihm wenig Zeit, und wenn er frei war, ging er lieber zu den Hunderennen im Wembleystadion. An den Mittwochabenden waren dort Tausende von Wettern, die Rennen waren der Höhepunkt der Woche. In seiner holländischen Naivität hatte er Yoshua gefragt, ob er nicht einmal mitgehen wolle. Der hatte ihn verständnislos angeschaut und nicht einmal geantwortet.

Das Gefühl der Verbundenheit wurde stärker. Er sah dem Jungen nach, wenn sie ihre tägliche Arbeit hinter sich hatten und sich am Tor trennten. Yoshua war anscheinend kaum müde zu bekommen. Mit federndem Schritt, fast hüpfend, ging er jeden Abend nach Hause. Manchmal wäre er gern mitgegangen in Yoshuas schwarze Welt, um seiner Mutter die Hand zu geben und ihr zu sagen, wie gut ihr Sohn in der Mine zurechtkam, daß er umsichtig wie ein Großwildjäger die Stollen betrat. Aber es kam nicht mehr dazu.

»Vorsicht, Boß!«

Sie hatten einen frisch ausgebauten Querschlag zugewiesen bekommen. Das Donnern der Implosion hallte in seinem Kopf, als er fortsprang. Der scharfe Warnruf hing in der Stille, die folgte, und er wußte nicht gleich, ob der Junge vor oder nach dem Einsturz geschrien hatte. Dann hörte er das Ächzen. Er rief, fand seine Lampe, tastete um sich, stieß auf Yoshua. In dem Licht, das er angezündet hatte, sah er ihn liegen. Die Hand des Jungen umklammerte krampfhaft die Streichhölzer. Der Kopf unnatürlich schief, die Arme weit ausgebreitet, ein Felsbrocken quer auf dem Rücken. Er öffnete die Augen. »Gunschani, Boß?« fragte er, aufs höchste besorgt. Aber der Tod war schneller da als das Wort, mit dem er Yoshua beruhigen wollte.

Am Ausgang nickten die Pförtner, als er neben der Trage hinausging. »Bad luck, Dutchman.« Die Mine arbeitete weiter. Yoshuas Mutter bekam nur für den Morgen der Beerdigung frei. Sein Vater war auf Reisen.

Vor allem auf den langen Märschen von Ban Pong zum Kwai sollte er immer wieder an diese Augen denken, und an diese unbeschreiblich freundliche Frage.

Hunderennen am Mittwochabend wechselten sich ab mit Zeitungslektüre, meistens in der Star Beer Hall in der Rissik Street. Die Stadt nahm ihn allmählich auf. Wenn er im Strom der Passanten zum Stadion ging oder in seinem Viertel das Restaurant betrat, in dem er täglich aß, schien er dazuzugehören. Doch was ihn antrieb, war nach wie vor der Gedanke, unabhängig zu sein, endlich er selbst. Die Zimmer, die er mietete, waren kahl. Zu Hause hatte jeder Tisch und jeder Lampenschirm eine Geschichte, fast nichts war gekauft. Hier gab es nichts Überliefertes, hier hingen keine Vorfahren an der Wand, Tafelgeschirr und Silber glänzten nur in seiner Erinnerung. Aber er machte die beunruhigende Entdeckung, daß Dinge eine Bedeutung hatten. Manchmal zeichnete er, was er zurückgelassen hatte. Holländisches, dem er hier nirgends begegnete. Sein altes Zimmer in Honk, das stattliche Haus mit den Säulen, die breite Freitreppe und das Efeu bis an sein Fenster. In verlorenen Stunden mechanisch aufs Papier gekritzelte Zeichnungen, die er schnell wegwarf. Den Gedanken an die Menschen in dem fernen Haus unterdrückte er am liebsten, auf die Dauer auch den an die Dinge. So blieben seine Zimmer leer. Holland kam nicht mehr in seine Nähe, es hätte die Illusion von Abenteuer nur zerstört.

Soldier of fortune nannte er sich in Gedanken gern. Aber als das Telegramm mit der Nachricht vom Tod seines Vaters auf dem Tisch lag, war er nahe daran, allem Lebewohl zu sagen und Hals über Kopf zurückzukehren. Und doch gewann sein Widerwille die Oberhand, er wollte nicht zu der düsteren Feierlichkeit, in das düstere Land. Laß die Toten ihre Toten begraben. Er hatte Angst, daß seine Mutter ihn bitten würde zu bleiben. Er wollte sich nicht mehr verlieren. Und er kehrte nicht zurück. Er ließ sein altes Leben, wie es war, er ließ seines Vaters Tod auf sich beruhen.

Später in Thailand, an der Bahnstrecke, stellte er sich das Grab seines Vaters vor, eine Zwangsvorstellung, die er ebensowenig abschütteln konnte wie die zahllosen Urwaldinsekten auf seiner Haut.

Im rauhen Heer der Bergarbeiter bekam er das denkbar beste Training. Nacht und Tag wurden austauschbar, Kälte und Hitze bearbeiteten seinen Leib wie ein grober Hobel. Schmerz verbiß er, der Umfang seiner Muskeln verdoppelte sich. Goldgräber in selbstgewählter Freiheit, frei von dem, was er gewesen war oder hätte werden sollen. Ein Jahr, zwei Jahre, fünf – untergetaucht, auf der Jagd, zeitlos, allein.

Johannesburg wuchs mit einer Schnelligkeit, die ihn, die alle überrumpelte. Die Provinzstadt an dem holländischen Fluß wurde immer kleiner und schemenhafter. Die Afrikaner bauten wie Besessene. Turmhohe Gebäude, zwanzig Stockwerke und mehr, Wohnblocks, Kaufhäuser. Politik, Feste, unerhörter Wohlstand – das Land vibrierte. Wogen der Erwartung hoben Südafrika. Gold war immer noch ein Zauberwort, eine Sprache, die man auf der ganzen Welt verstand. Wenn er durch die Straßen ging, träumte er manchmal von einer Konfettiparade, offenen Autos und Tambourkorps in einem Sturm aus Papier.

Ein Leben weiter, in Manila, als einer, der nur noch Haut und Knochen war, einer unter Hunderten von Männern, sollte er so empfangen werden, mit irrsinnigem Jubel.

2

»Dete ike, dete ike, dete ike!« Immer wieder die gleichen schneidenden Worte in sonst unverständlichem Japanisch – »raus, raus, raus!« Wer nicht von selbst hinausfiel oder -sprang, wurde hinausgeworfen. Fünfundzwanzig Mann in einem Waggon, vierzig Waggons, ein endloses Echo von Befehlen. Unempfindlich gegen plötzlichen Wechsel von Dunkel zu Helligkeit, sah er sofort die von der Zugfahrt angerichtete Verheerung. Fünf Tage und Nächte im durchdringenden Rattern zwischen den Blechwänden eines Güterwagens. Die Drillbohrer in der Mine hatten weniger Lärm gemacht. Fünf Tage und Nächte Durst und Staub und Rauch von der Lokomotive. Die ersten unsicheren Schritte, die ersten Schmerzen. Ungläubige Verwunderung darüber, daß er wirklich wieder auf festem Boden stand, und eine Vorahnung von etwas Schrecklichem.

Verladen hatte man sie in Singapur, ausgeladen wurden sie in Ban Pong. Verachtenswerte Europäer, die nicht bis zum Tod gekämpft hatten. Japaner hatten für Überlebende nichts übrig. Thailand, April 1943. Seinen dreißigsten Geburtstag hatte er sich anders vorgestellt. Sie sollten zum Kwai, zweihundertfünfzig Kilometer Fußmarsch in erschöpfender Hitze und Sturzregen. Eine Handvoll Reis, dreckiges Wasser, vom Hungerlager ins Malariacamp.

»Guus!« rief er, »Guus!«

Ein paar Waggons weiter mußte sein Freund sein. Er sah ihn mit kleinen, erstaunten Schritten näher kommen, als hätte er gerade das Laufen erfunden. »Guus, wir müssen zusammenbleiben, egal was passiert.« Und sie blieben zusammen. Er war ihm in Bandung begegnet, vor einem Jahr. Seine Freundschaft mit Guus sollte ihn nicht mehr loslassen. Sie sollte ihn leichter machen und über manches erheben – und ihn verfolgen, später, in die sinnlose Zeit, in eine dunkle Zukunft. Guus, verfluchter, verdammter Guus. Ein Schatten wurde er, ein bleicher Geselle, ein sonderbar fremder Spiegel, in dem er sich selbst zu entdecken glaubte. Guus, der ihm in allem glich, in allem überlegen war. Der Mann, den er erkannte und der ihn zwang, sich mit seiner Flucht und mit seinen zusammengeharkten Idealen auseinanderzusetzen.

Die Japse hatten den Krieg gewonnen, Tausende von Kriegsgefangenen zusammengetrieben. Bei den Appellen im Lager tauchte Guus immer in der Reihe vor ihm auf. Sein Hinterkopf wurde ihm vertraut, der Mittelscheitel, die zartgliedrige, drahtige Gestalt. Der eine suchte die Gesellschaft des anderen, wo und wann immer es ging. Das Leben, aus dem Guus kam, war nicht weit entfernt von seiner eigenen Vergangenheit: als Freiwilliger hatte er die Fahrt nach Ostindien unternommen, wie er. Freiwillige, seltsamer Ausdruck für Menschen, die sich langsam, aber sicher in einem von anderen ausgebrachten Netz verstricken. Das Vaterland, jedenfalls was noch von ihm übrig war, Ostindien also, mußte verteidigt, beschützt werden, es war ihr Land. Die Feinmaschigkeit der von allen und keinem gewobenen Ideen, der großen unbekannten Fangnetze des Unglücks. Sie waren gefahren. Guus von England aus, wo er für ein niederländisches Unternehmen gearbeitet hatte. Er von Südafrika aus, wo er gearbeitet hatte, um sich zu beweisen, daß er anders als seine Brüder war, unabhängiger, reifer. Auf der *Tegelberg* war er nach Java gefahren, mit einer kleinen Gruppe von Niederländern, freiwillig auf dem Weg ins Unvorstellbare. In den letzten Tagen vor seiner Abreise hatte er in einem Hotel in Durban gewohnt. Die Welt war ihm dort durchsichtig vorgekommen. Seit seinem Entschluß, sich zur Armee zu melden, hatte ein federleichter Übermut von ihm Besitz ergriffen. Erregend fremd war das Mädchen gewesen, mit dem er diese Tage verbrachte. Sie hatte ihn auf der Stelle heiraten wollen. Er verließ sie, noch bevor er sie richtig kennengelernt hatte. Vielleicht hatte er sich gemeldet, um ihr zu entkommen, um sie zu verschonen. Heiraten war eher etwas für seine Brüder. Er suchte den Krieg, das Alibi des Verwaisten. Er schiffte sich ein. Im Zickzack verließ der Dampfer den Hafen. Eine schöne Imitation seines Lebenslaufs, dachte er, während er zur Küste Afrikas zurückblickte.

Der Marsch zum Kwai begann und endete im Dunkel. Nachts schleppten sie sich über Elefantenpfade durch einen saugenden Urwald. Tagsüber schliefen sie unruhig, von Mücken umschwärmt, vom Hunger ausgehöhlt. Schon im Lager Bandung hatten Guus und er eine Überlebensstrategie entwickelt. Sie forschten sich gegenseitig aus, über ihr Leben, über ihre Vergangenheit, reihten Geschichten auf. Und der eine berichtete dem anderen von zahllosen alltäglichen Kleinigkeiten, die ihm auffielen. Sie sammelten banale Vorfälle, übertrumpften einander mit kleinen Absurditäten, winzigen Verschiebungen in den Kulissen des Lagers. Das konnte die Anzahl der Stockschläge sein, die sie registriert hatten, oder der Abstand ihrer Stirn zum Boden, wenn sie sich vor dem japanischen Unteroffizier verneigen mußten. Sie zählten die Reiskörner ihrer Hungerration, die Stunden, in denen die Sonne ihre Schlafmatten beschien, die Geschwüre an den Füßen ihrer Kameraden. Alles war erlaubt, jeder neue Einfall wurde geprüft und bewertet. Eine nie abreißende Folge von Erdachtem und Erinnertem, von der ihr Leben abzuhängen schien. Sie schärften ihren Blick, sahen gleich, wenn die Japse ihre Pläne änderten, eine Exekution vorbereiteten, sich neue Strafen ausdachten. Jede Bewegung der Japse wurde im Gedächtnis gespeichert. Sie stimmten ihren Tagesrhythmus aufeinander ab, verloren sich nur selten aus den Augen. Instinkt; nach vorn und hinten gedeckt, der Blick gewappnet gegen eine Übermacht von Gewalt.

Der Urwald war von der Gastfreundlichkeit eines Blutsaugers. Eine gräßliche Mauer aus Bäumen und Sträuchern, zwischen denen sich Fluchtwege zu bieten schienen, aber wer floh, war verloren. Auf den Nachtmärschen, zwanzig, fünfundzwanzig Kilometer durch den Tumult der Wildnis, blieben überall Männer liegen. Zu müde, zu krank zum Weitergehen. Stumpf, vollkommen gleichgültig gegenüber dem Tod. Guus und er überlisteten die Zeit mit allem, was sie sich im Lager Bandung beigebracht hatten. Um nicht an den nächsten Tag denken zu müssen, nicht an die nächste Nacht. Zehn Tage dauerte der Ausscheidungskampf. Mit tausend Mann waren sie aufgebrochen, sie erreichten den Kwai mit wenig mehr als siebenhundert, von denen dreihundert am Ende ihrer Kraft waren. Manchmal halluzinierte er vor Übermüdung. Dann beugte sich der kleine Yoshua mit einem Päckchen Zigaretten über ihn. Es kam vor, daß er »Gunschani, Boß« murmelte, wenn er einen Mann neben der lahmenden Kolonne liegen sah. Am schlimmsten waren vielleicht noch die Monsunregen. Die fatalen Regengüsse, die ihre Rippen peitschten. Schlafen auf einer Schicht Wasser, aufstehen aus einem Bett aus Morast. Feuchtigkeit war die nächste Verwandte der Krankheit, der Sumpf der Vater der Malaria.

Der Kwai, sacht fließendes gelbes, fast braunes Wasser. Das Lager, das an den Ufern aufgeschlagen wurde, sollte in den kommenden Monaten das Spielkasino ihres Lebens sein. Die Chance, es lebend zu verlassen, schätzten sie auf vierzig Prozent. Dreihundert Mann unterwegs gestorben, dreihundert Mann krank. Wie schnell würden die Kranken sterben, und wann würden die übrigen krank werden? Roulette war es. Die Croupiers harkten die Einsätze zusammen. Das kleine Feld, auf dem die Toten begraben wurden, wuchs immer tiefer in den Wald hinein.

Appell, vor der Arbeit, nach der Arbeit. Vor allem nach der Arbeit standen sie manchmal stundenlang. Zählen und nochmals zählen. Geschrei, wenn die Zahl nicht stimmte. Noch einmal zählen. Ihre Welt war die Strecke von den Füßen zum Rücken und die Schmerzen dazwischen. Sie waren in Thailand und bauten einen Schienenweg Richtung Birma, Hunderte von Kilometern am Fluß entlang. Bauen und sabotieren, zwei Schritte vor, einer zurück. Guus und er gehörten zur Hack-Kolonne. Mit primitiven Spitzhacken schlugen sie sich durch Felsen, um einem imaginären Zug den Weg zu bereiten. Der Zug verfolgte sie. Mit jeder Strafe, jeder Ansprache, jeder zusätzlichen Arbeitsstunde; der Japs war besessen von diesem Zug. Sie deshalb auch. Ihr Zug nahm groteske Ausmaße an. Sie phantasierten von seiner Länge, von der Anzahl der Waggons, der Farbe der Sitzbezüge. Oder würden es nur Güterwagen sein, mit Panzern, Öl, Waffen? In ihrer Vorstellung rollten Tausende von Zügen, die den Krieg in die Länge zogen. Der Kaiser würde winkend vorbeifahren, quer durch den Dschungel. Die Japse würden sich verneigen, sie selbst bis zum Boden. Der Kaiser war die Parole, alles geschah in seinem verfluchten Namen. Der Kaiser auf seiner fernen Schurkeninsel, vor dem man im thailändischen *alang-alang* salutierte und sich verneigte. Ausgemergelt, halb tot, betäubt von Malaria, ausgehöhlt von Dysenterie, zugrunde gerichtet von Cholera: Wir von der Hack-Kolonne grüßen Euch.

Sie hackten. Morgens gingen sie im Gänsemarsch zu der Stelle, an der sie am Vorabend aufgehört hatten. Spitzhacken auf den Schultern, schwer wie Blei, mit jedem Tag schwerer. Und ohne Schuhe. Seltsamerweise hatte das etwas Erniedrigendes. Keine Schuhe zu haben machte wehrlos, es setzte einen zurück gegenüber dem hochgestiefelten Japs.

Appell, ein Straffall, jemand war außerhalb des Lagers aufgegriffen und des Fluchtversuchs beschuldigt worden. Er selbst stand nur fünf Schwellen von dem Ausbrecher entfernt. Die ganze Nacht aufrecht. Der Mann, der bestraft werden sollte, lag auf den Knien, mit gesenktem Kopf. Er hörte den nächtlichen Wald, das Kreischen von Affen und unbekannten Vögeln, Zischen und Scharren und Knacken. Links und rechts fielen Männer um und wurden wieder hochgeprügelt oder fortgeschleift. In Gedanken spielte er Schach mit Guus. Der König war Kaiser, der Turm aus Bambus, die Königin in England. Alles taumelte durcheinander. Halber Schlaf, halbe Nacht, halbes Leben, halber Mensch. Als die Sonne hervorkam, band der Japs dem Knienden eine Augenbinde um. So sah er das Schwert nicht kommen, hörte auch den Schlag nicht.

»Gunschani, Boß?«

Er mußte ihn fortschaffen, zusammen mit ein paar anderen Gespenstern, verwirrt vom Stehen, in dumpfem Schweigen. Hinter ihnen wurde der Appell beendet, und der Arbeitstag begann. Sie brachten den Toten auf das Gräberfeld, das grau war im Licht des frühen Morgens, und bastelten ein notdürftiges Holzkreuz zusammen. Mit Blut an den Füßen.

Tage und Nächte wie diese. Guus und er wehrten sich gegen den drohenden Zusammenbruch. Trotzig, berauscht von der Sonne, zogen sie hinter den Japsen her. Durch Thailand, fast bis zum Drei-Pagoden-Paß. Ihre Überlebensspielchen waren auf Dauer nicht durchzuhalten. Ihre Augen entdeckten nichts Neues mehr. Sehen wurde zur Gefahr, Überraschung zur Bedrohung für ihre Widerstandskraft. Die entdeckten Kleinigkeiten bewiesen, daß es mehr gab als die graue Wirklichkeit des Stehens, Hackens, Gehens und Schlafens. Der Zug war ihre Obsession, die Bahnstrecke ihr Halt, der Japs ihr Dämon. Sie lebten wie Schildkröten, zogen sich jeden Augenblick unter ihr mitgeschlepptes Schutzdach zurück. Daher glaubten sie nichts zu sehen, nichts zu fühlen, nichts zu hoffen. Sie ertrugen die Toten, die Verbrechen, ihre vollkommene Ohnmacht. Guus und er. Oder besser gesagt: Guus. Und er. Jeder für sich, der Kaiser für alle. Ihre Zweiheit war zeitweise aufgelöst. Was ihnen erst Kraft gegeben hatte, machte sie nun verletzlich, wenn auch, unausgesprochen, das

Band zwischen ihnen blieb – für den Fall, daß sie es unbedingt brauchten.

Das unaufhörliche Sterben, die sinnlose Zeit. Nach den Monsunregen kam der Wind. Tagsüber Sonnenglut, der man nicht entkam, nachts eisige Kälte. Und dann war der Tag gekommen, an dem die letzten Felsen weggehackt waren, die letzten Schwellen gelegt. Der Zug würde fahren, die Gefangenen aus dem Dienst entlassen werden. Die Arbeit war getan, der Kaiser konnte zufrieden sein mit dem Heer schäbiger Europäer, dem Abschaum seines Reichs.

Wieder begann das Warten, wie in Bandung. Bis irgendwo ein Verwaltungsbeamter die Befehle seines Vorgesetzten zu Papier gebracht hatte: Lager am Kwai räumen, Gefangene ins Vaterland verlegen. Nach Japan also, auf die Schurkeninsel, ans Ende der Welt, wo das Böse zu Hause war. Sie gingen, wie sie gekommen waren. Nur mutloser, Leibeigene, die an nichts mehr glaubten und sich überallhin schicken und zurückschicken ließen. Zu Fuß oder per Bahn, und noch schwächer, noch apathischer, noch weniger zu gebrauchen für den Japs.

Sie wurden in Singapur eingeschifft. Dort fand er Guus im Bauch der *Bungo Maru* wieder. Seit dem Rückmarsch aus dem Inneren Thailands hatten sie sich nicht mehr gesehen. Die Auffanglager um den Hafen waren überfüllt, die Überlebenden von der Birma-Eisenbahn hatte man planlos hineingezwängt. Aber die Bürokraten eroberten verlorenes Terrain zurück und verschickten das ihnen zugeteilte Kontingent an Männern. Ziel: Kyushu, die südlichste der japanischen Hauptinseln. Er dachte an die *Cape Town* und die *Tegelberg*, die Schiffe, die er kannte; jene ausgelaufen in Richtung Freiheit, diese in die Niederlage gedampft. Und die *Bungo Maru* fuhr zweifellos auf das Ende zu. Als er über die senkrechten Leitern tief ins Innere des Truppentransporters hinabstieg, sah er ihn. Mager, fast schneeweißes Haar, immer noch in der Mitte gescheitelt.

»Guus!«

Sie umarmten sich kurz, fast ohne erkennbare Gefühlsbewegung, sie hatten genug damit zu tun, einen Platz zu ergattern. Neben einer der Leitern bezogen sie Stellung, liegen war dort nicht möglich. Aber Guus wollte unbedingt nah an einem der Fluchtwege sein. Er kannte die Gerüchte von torpedierten japanischen Transportschiffen voller Kriegsgefangener. Die Amerikaner und Engländer machten Jagd auf jedes Schiff.

Und tatsächlich, ihr Zickzackkurs half nicht. Mit ohrenzerreißendem Knall brach das Meer ins Schiff. Trotz des unvorstellbaren Chaos waren sie nach wenigen Schritten auf der Leiter. Oben wurde gekämpft. Zwei, drei Körper stürzten mit rudernden Armen herunter, die Japse hatten sie von der Leiter getreten. Die Unterbrechung dauerte nicht lange. Das Schiff heulte und nahm schnell Wasser auf. Sie sprangen auf gut Glück. Nie vergaß er den Augenblick, als er Guus springen sah. Es war vielleicht eine halbe Minute, bevor er sich selbst von der Reling abstieß und neben einem Floß aufkam. Das steinharte Wasser gab kaum nach, er schrie vor Schmerz. Er klammerte sich an dem Floß fest und rief Guus' Namen. Aber im dichten Gedränge der Schwimmer ringsum entdeckte er ihn nicht. Er rief, bis er keine Stimme mehr hatte.

Wind direkt aus Sibirien jagte über die Bucht von Nagasaki. Der Winter war auf dem Tiefpunkt, dreißig Grad unter Null. Die Kawanami-Werft, in der er herumhantierte, lag unter einer steinharten Schneeschicht begraben, und die schmutzfarbenen Rümpfe unfertiger Schiffe machten die Trostlosigkeit vollständig. Er lebte mechanisch. Der Kälte entkam man nicht. Der eine lange Mantel über seiner Tropenkleidung verhinderte gerade eben das Erfrieren, aber es kam ihm so vor, als hätte er Eis in seinem Schädel. Es ging alles immer langsamer, seine Hände konnten kaum noch etwas festhalten, alle Bewegungen hatten etwas Zufälliges. Das Schiff, an dem er täglich arbeitete, lag am Rand des Wassers, nach allen Seiten offen, ein Gerippe aus Platten und Schraubenbolzen. Trotzdem war man in seinem Inneren noch halbwegs geschützt. Das Blut strömte dort etwas schneller, der Kopf taute ein wenig auf, aber sehr viel Leben war nicht darin. Die Vergangenheit war ein dunkler, formloser Brei. An eine Zukunft war nicht zu denken, dafür hätte man Hoffnung gebraucht, und Mut. Beide hielten Winterschlaf. Nur der Augenblick zählte.

Schwerfällig bewegte er die Hand, die den Hammer umklammerte. Bei jedem Schlag zögerte er, weil das Prickeln vom letzten noch nicht vorbei war. Mitten am Tag legte sich Dunkelheit um das Gerüst, auf dem er arbeitete. An diesem Vormittag schien die Talsohle erreicht zu sein. Die Temperatur sackte auf Rekordtiefen, selbst die Japse bewegten sich kaum. Verzweiflung packte ihn. Die Jahre der Hitze und Krankheit, die Jahre von Mine und Eisenbahn, die Jahre der vollendeten Barbarei drückten ihn mit ihrem ganzen Gewicht nieder. Verzweiflung wegen seines Freundes, des schmächtigen Guus, der ins Meer gesprungen und verschwunden war. Er wollte einfach nicht glauben, daß er ertrunken war. Die Szene wiederholte sich endlos. Nichts deutete darauf hin, daß ihn unten der Tod aufgefangen hatte. Es war ein entschlossener Sprung gewesen, sicher, vorbildlich. Die Arme fast lässig am Körper, als ginge es um ein Spiel im Schwimmbad. Elastisch, elegant; sein weißes Haar war bis zuletzt zu sehen gewesen. »Bis gleich im Meer, Rob!« hatte er gerufen. Ein absurd sachlicher Ausruf inmitten der Panik. Was konnte ihm passiert sein? Die See war nicht rauh gewesen; wohin war er geschwommen, wer hatte ihn gepackt? Er hatte Guus nicht gefunden, als er später von einem japanischen Frachtschiff an Bord genommen wurde. Er wußte, daß auch andere Schiffe Ertrinkende aufgenommen hatten, und er redete sich ein, daß Guus gerettet worden sei. Gerettet, das bedeutete ohnehin nur, vorläufig gerettet zu sein, eine Galgenfrist zu haben. Man hielt sie als Gladiatoren am Leben, im Land der aufgehenden Sonne wartete neue Arbeit.

Vom Rand des eisernen Arbeitsgerüsts schaute er hinunter, lustlos und immer lockerer hielt seine Hand den Hammer. Schnee auf dem Boden des Schiffs und dumpfes Gehämmer um ihn herum. Männer schlurften hin und her, richtungslos. Seine verlorenen Jahre. Er durfte einfach nicht daran denken, und doch tat er es. Sein Widerstand schwand. Was er zusammen mit Guus so gut gekonnt hatte, im Augenblick aufgehen, gelang ihm jetzt nicht. Guus mit seinem feinen Gespür dafür, wann er die Vergangenheit an sich heranlassen durfte und mußte, und seiner Fähigkeit, es auch nur dann zu tun. Sein altes Leben. Das ungeheure, schattenhafte Reservoir, seine holländische Vergangenheit. In Beton gegossen oder versunken oder heimlich versteckt. Eisgang am Deich seines Gedächtnisses. Mitten in der Nacht war es gewesen. Leise hatte er sein Motorrad aus der Garage gerollt und erst in der nächsten Straße angetreten. Die Februarnacht war bitterkalt, und bei Geschwindigkeiten von achtzig, neunzig Kilometern gefror der Stoff unter seiner Jacke. Er fuhr pausenlos, der Wind schnitt ihm in Wangen und Hals. Stunden dauerte die Fahrt über die Polder und das Weideland, und erst im dämmrigen Frühlicht sah er das Haus, auf das er all seine Gedanken konzentriert hatte. Die Umarmung des Mädchens, das dort wohnte, hatte ihn völlig aus dem Gleichgewicht gebracht. Er wollte sie wiedersehen und überreden mitzukommen – wohin, wußte er nicht, er hatte auch keinerlei Pläne. Ein paar Tage mit ihm auf dem Motorrad wegfahren, irgendwohin reisen und wieder zurück, etwas in dieser Art. Sie wehrte ihn ab, sanft, aber entschieden; verwundert über sein Erscheinen zu so früher Stunde. Wollte ihn auch nicht wieder so umarmen, wie sie es eine Woche zuvor getan hatte, voller Hingabe. »Du mußt das vergessen, Rob. Es war ein Augenblick, klammere dich nicht daran, ich will mich nicht binden.« Er hörte sie an und wendete sein Motorrad. Kälte, die nichts mit Temperatur zu tun hatte, stieg in ihm auf. Als er sich im Licht der aufgehenden Sonne auf den Rückweg machte, hatte er das Gefühl, in einen Trichter zu rasen, in ein sich verengendes Netz. Um neun Uhr morgens war er wieder zu Hause. Seine Mutter sah besorgt aus, sein Vater schwieg. Er hatte Wut erwartet. Aber sein Vater sagte schließlich nur einen einzigen Satz: Welchen Schnitt bist du gefahren? Nein, kürzer noch: Welcher Schnitt?

Der Hammer fiel ihm aus der Hand, das Rauschen im Kopf wurde stärker. Ihm wurde schwindelig, das war die Unterernährung, und die Kälte. Er mußte sich aufrecht halten, mußte versuchen, sich aus dem Bann des Vergangenen zu lösen. »He, du da!« Ein Wachmann schrie und zeigte auf ihn. »Sofort runterkommen.« Das rettete ihn wahrscheinlich. Der Japs hielt ihn für einen Saboteur und steckte ihn in die Strafkolonne, die als letzte in die Baracken zurückkehren durfte. Bestimmt rettete es ihn. Er sperrte seine Erinnerungen wieder sicher weg. Hämmerte bis in den Abend.

Die Monate zerbröckelten. Merkwürdigerweise war das Sterben in seinem Lager fast zum Stillstand gekommen. Es war, als wären diejenigen, die bis Japan durchgehalten hatten, immun gegen den Tod. Es konnte eine Ewigkeit so weitergehen, sie hatten fast keine Reserven mehr, aber in diesem Zustand schien ihnen wenig mehr als nichts zu genügen. Von den fünf Schiffen, an denen sie arbeiteten, war noch nicht eines vom Stapel gelaufen. Nach dem Winter kamen die Bombenangriffe, und die Werft füllte und leerte sich mit Arbeitern, füllte und leerte sich. Er hörte den Luftalarm noch vom anderen Ende der Bucht nachhallen. Es war nun nicht mehr zu übersehen, der Krieg würde ein Ende haben. Untereinander gebrauchten sie das Wort Befreiung, als hätte es eine Bedeutung. Aber Befreiung war ein Wort aus einer Zeitschrift, ein Begriff, den man erfunden hatte, damit die Leute fröhlichere Gesichter machten. Er sprach es aus und schämte sich fast dafür. Wie das Ganze auch ausgehen mochte, befreit sein würden sie nicht, nie mehr. Dann kam sogar der Sommer, mit Farben, die kaum zu ertragen waren. Wolkenlose Himmel, nachts Sterne, Japan überall. Nippon, blutroter Sturmball, aufgezogen über Magnesiumweiß.

Die Flugblätter kamen herabgesegelt, Botschaft vom Mars: »*Don't be worried, we'll come.*« 9. August 1945. Die großen Bomber hatte er in den letzten Wochen öfter gesehen. Bei ihrem Brummen hoch über der Werft blickte er schon nicht mehr auf. Auch nicht, als an dem windigen Morgen zwei Maschinen über Nagasaki kreisten und wieder verschwanden. Auch nicht, als sich um 11 Uhr eine B 29 näherte. Die Werft war Kilometer von der Stadt entfernt, er spürte keine Bedrohung. Don't be worried, we'll come – und sie kamen. Hinter dem Flugzeug tauchte der kleine Fallschirm ab, trudelte wie ein großes weißes Blatt zur Erde. Möglich, daß um 11.02 Uhr viele das Sinken des Fallschirms beobachteten. Er nicht. Er löste eine Reihe von Schraubenbolzen, die er am Vortag angezogen hatte; ein kleines Gesellschaftsspiel. Penelope, die nachts wieder auftrennte, was sie tagsüber gewebt hatte. Ein Fallschirm mit einer versengenden Bombe, langsamer Start der Vernichtung. Die Apokalypse vielleicht. Die vollständige Blendung auf jeden Fall, eine Woge von weißem Licht. Ein Freiluftlaboratorium; nach wenigen Sekunden war die Landschaft pulverisiert. Die Druckwelle rollte über das Wasser der Bucht, auf der Werft knickte alles Hölzerne zusammen. Er wurde flach an die Wand seines Schiffs gepreßt und hörte das tiefe Brausen eines unirdischen Sturms. In der kurzen Stille danach erst schaute er hinaus. Weit weg, über den Hügeln der Stadt, stieg eine schwarze Säule in die Höhe, eine träge Fata Morgana. Ein Widerwille gegen diesen Anblick erfaßte ihn. Am liebsten hätte er seine Schrauben und Muttern zusammengesucht und weitergearbeitet. Er hatte eine Vorahnung von großem Unheil.

»*Haiwa arimasu* – Es ist Frieden«, der Japs verkündete es mit trockener Bestürzung, ungläubig, der Nachhall eines Befehls war noch herauszuhören. Die Männer um ihn herum standen einfach nur da. Keiner sagte etwas. Die Wachmänner schienen noch kleiner geworden zu sein, als sie ohnehin waren, ihre Gesichter unlesbar wie immer. Ganz vorsichtig füllte sich die Leere zwischen den beiden Parteien mit Lauten, das Reden begann, jemand rief etwas, dann Schreie, anschwellender Lärm. Flugzeuge näherten sich, provozierend langsam. Winken, Rufe. Haiwa arimasu. Die Türen der Baracken standen offen, die Tore des Geländes waren unbewacht. Das Gefühl, verlassen zu sein, die Leere der Freiheit. Alles war offen, und zugleich war es unmöglich, sich darauf einzulassen. Frieden. Fast niemand verließ das Lager, alle warteten. Wo Nagasaki gewesen war, war nur noch kauerndes Leben – wer dorthin ging, tat es, um sich zu bücken, um zu graben. Eine endlose Narbe. An den ersten Tagen nach der Bombe hatten sie in kleinen Arbeitskolonnen mithelfen müssen. Die zerrissene Stadt hatte etwas Heiliges an sich gehabt; ein Gott hatte dort gewütet. Es gab nichts zu helfen.

»*Hello, boys, we'll get you out of here*« – die ersten Worte unverfälschtes Befreiungsamerikanisch. Er sah, wie sie ins Lager gefahren kamen, in Jeeps und schweren Lastwagen, die Arme lässig hinausgehängt, Zigaretten im Mund. Rauchen, essen, Urzeitliches, das man nie verlernt. Mehr als tausend Mann waren sie im Lager gewesen, er kannte ein paar, oberflächlich. Jetzt, da sie es verließen, spürte er unter der Oberfläche ihren jahrelangen Kampf. Von all diesen abgemagerten Männern sollte er nie mehr loskommen. Um zu überleben, hatten sie Rücken an Rücken gestanden, hatten es vermieden, sich in die Augen zu sehen. In ihrem Panzer waren die Augen die einzige schwache Stelle. Wie sie sich nun, im Augenblick des Abschieds, plötzlich sahen, das war etwas, das keiner von ihnen mehr abschütteln konnte. Aneinandergeschmiedet von den ewigen Japsen, gemeinsam verstrickt in eine unerklärliche Geschichte. Guus, wo war nur Guus geblieben? Heimlich hoffte er, ihn aus einem der Jeeps aussteigen zu sehen, so lässig wie bei seinem Sprung ins Meer. Aber das geschah nicht. Sie kletterten auf die Wagen, ihre Körper protestierten gegen Amerika, es war ihnen übel von Schokolade und Tabak. War es möglich, daß er Wehmut über ihren Abschied hier empfand? Schweigend, den Blick auf die Werft in der Ferne geheftet, fuhren sie zum Hafen. Verloren lagen ihre düsteren Baracken im Licht des warmen Augusttags.

Frauenarme um seinen Hals; Frösteln, als er eine Frau so nah vor sich sah. Manila. Sie wurden von Musikkorps und amerikanischen Mädchen empfangen, die sie küßten, ihnen die Arme triumphierend in die Höhe rissen und Konfetti über die Köpfe streuten. Fotografen, Tambourkorps, Jeeps voller Männer aus seinem Lager. Quer durch eine chaotische, auf Bombenkratern gebaute Stadt. Auf der Rizal Avenue stiegen sie aus ihren Wagen und zogen an einer langen Reihe von *honky-tonks*, Kinos, Restaurants und Bordellen vorbei. Nirgends brauchten sie zu bezahlen. Als ehemaliger Kriegsgefangener war man überall Ehrengast. Die Abende und Nächte in Bars und Tanzschuppen. Prügeleien und Rausch, Gesang und Essen. Wer am lautesten lacht, hat die meisten Sorgen. Zügellosigkeit, angetan mit der Uniform des Siegers. Er trug ein englisches Hemd, eine amerikanische Hose, einen australischen Uniformhut und passend zu alldem japanische Offiziersstiefel. Soldatenkarneval, lachender Triumph über die Jahre der Beraubung. Aber nach ein paar Wochen lichtete sich der Nebel, und das Interesse an ihnen nahm ab. Die Filipinos machten einen Bogen um sie, die englischen und amerikanischen Frauen waren nach Hause zurückgekehrt. Mit einer von ihnen war er ständig zusammengewesen. Auch sie war fort. Nach Hause – die Bedeutung dieses Ausdrucks wollte er sich nicht klarmachen.

Das Einschiffen begann wieder. Zuerst nach Batavia. Und dann Singapur, Suez, Durban? Sollte er gehen, wie er gekommen war?

Dezember in Batavia, eine Art Wilder Westen. Alle waren bewaffnet, alle schossen und versuchten zu treffen. In den Bäumen saßen indonesische Heckenschützen, die tot herausfielen, wenn man selbst richtig zielte. Dezember 1945. Er konnte nur in Begleitung auf die Straße, mit geladenem Tommygewehr. Die Bedrohung konnte er nur noch schwer ertragen, auch wenn der Rausch nach Nagasaki noch nicht ganz verflogen war. Mit den ständig wechselnden Gefährten auf dieser Reise mußte er zu überleben versuchen. Durch eine Kugel der örtlichen Sukarno-Truppen wollte er nicht sterben. Die Atmosphäre vibrierte vor Gewalt, die Stadt roch nach Haß und Rache. Eine weiße Haut war die denkbar schlechteste Tarnung. Respektiert wurde nur eine Handgranate oder das *sten gun*. Manchmal ging er in einen Außenbezirk. Die Spannungen schienen dort geringer zu sein. Er irrte sich. Eine Frau wurde vor seinen Augen von ihrem Fahrrad gezerrt, die Angreifer kamen aus dem Nichts. Sie hackten mit Messern auf sie ein, rissen ihr die Kleider auf. Er schoß zu spät, auch wenn ein paar von ihnen liegenblieben. Das unwahrscheinlich warme Wetter, die trügerische Ruhe nach dem blitzartigen Angriff auf das weiße Mädchen. Als Soldaten auf einem Motorrad auftauchten, ging er weiter. Er hatte sie nicht retten können, war zu weit entfernt, zu langsam gewesen. Allmählich hatte er das Gefühl, daß man im Lager sicherer gewesen war als in Batavia nach der Befreiung. Nur fort wollte er, diese ermordete Frau vergessen, diese Stadt, die ein mit Wut vollgesogener Schwamm war. Er mußte nach Hause, aber wo war das? Zurück nach Holland, dazu konnte er sich nicht entschließen. Alles würde umsonst gewesen sein, wenn er wieder dort hinging.

Zurück oder nicht. Er überlegte es sich noch einmal, als er die *Oranje* anlegen sah, die zwischen Holland und Ostindien pendelte. Suez, März 1946. Mit der *Alcantara* hatte er Batavia verlassen, um sich ans Rote Meer bringen zu lassen. Endlich hatte er die Inseln Asiens hinter sich gelassen. Die Japse, die Indonesier, enthemmte Idioten mit Hackmessern, er mußte sie aus seinem Gedächtnis verbannen. Der Krieg war vorbei, er würde die verlorenen Jahre nachholen, zermalmen, vergessen. Die feigen Jahre der Zwangsarbeit und des gebeugten Rückens. Die Jahre bloßer Selbsterhaltung und des Wartens im Schatten. Ein Schattenleben hatte er gelebt, und selbst diesen Schatten hatte er nicht anzusehen gewagt. Unsichtbar sein, nicht auffallen, und rechtzeitig in die schützende Schale kriechen. Allen Schlingen ausweichen, leben wie eine schwarze Katze im Dunkeln, schleichen. Die mageren Jahre, fünf, alles in seinem ausgehöhlten Inneren war zersetzt, verdampft. Geschickt manövrierte die *Oranje* an den Kai heran. Spätes Licht fiel auf das Schiff, das niederländische Familien zu einem unbekannten Vaterland brachte. An Bord schien keine besondere Fröhlichkeit zu herrschen, es war unnatürlich still. Er stand auf dem Deck der *Alcantara* und mußte eine Entscheidung treffen. Morgen lief die *Oranje* nach Holland aus. In einer Woche würde die *Félix Roussel* auf dem Weg nach

Südafrika Suez anlaufen. Die Vorstellung, auf der *Oranje* zurückzufahren, war verführerisch. Einen Landungssteg von seiner Mutter und seinen Brüdern entfernt. Er konnte sie überraschen. Oder in Verlegenheit bringen. Auf der *Oranje* zum Land seines Vaters, dem Land der Referenzen, der geraden Wege. Die Provinzstadt mit seinem Elternhaus würde er dort nicht mehr vorfinden. Er war dem entwachsen, wovor er geflohen war. Sehnsucht war keine geblieben, beim Gedanken an Holland wurde ihm eher kalt als warm. Und seiner Mutter blieb er lieber fern, ihr Alter hätte ihn entwaffnen können. Nein, nicht die *Oranje*. Er war zu sehr ein Fremder geworden, ein Unbekannter. Näher als jetzt wollte er ihnen nicht kommen, niemandem vielleicht. Seine Fähigkeit, aus der Ferne genau zu beobachten, hinter selbst errichteten Barrieren, wollte er sich gern bewahren. Die Japse hatten ihm dabei geholfen, er hatte sich eingegraben in sein Ausgeschlossensein. Überall sein, aber nirgends zu Hause. Das sanft schaukelnde Schiff unter seinen Füßen war eine Wohltat. Der Abend zog sich über dem Hafen zusammen. Er kannte keinen Menschen in Suez. Aber das bedrückte ihn nicht. Auf der *Oranje* hörte er jetzt doch Musik und Singen, jemand hatte Geburtstag. Keine Ausgelassenheit, nur ein paar Hurras. Törichte Sentimentalität, daß er sich von so etwas rühren ließ. Angespannt lauschte er auf das Lied, das in den ägyptischen Himmel aufstieg. Auch auf das Trostlose der Worte: Lang soll er leben. Die Dreistigkeit dieses Wunsches.

Wie lange hatte er dieses Lied nicht mehr singen können? Die Lager waren voll von nicht gefeierten Geburtstagen. Man verschwieg sie, man vergaß sie, man hätte sich lieber hängen lassen, als ... Aber allmählich begann die Restauration. Man wünschte einander ein langes Leben, schmückte den Stuhl des Geburtstagskinds, sang. Wer hatte wieder damit angefangen? Wie erlangte das Normale seine Herrschaft zurück, wie vermied man den Rückfall ins altgewohnte Verhalten? Gar nicht.

Das Singen auf der *Oranje* hielt nicht lange an, aber gerade lange genug, um ihn durcheinanderzubringen. Das Vertraute, die Aussicht auf Frieden, alles kam an diesem Abend in Suez zusammen. Er fühlte eine Leere, weil der Krieg vorbei war, die Kameraden verschwunden. Mit unglaublich schnellem Flügelschlag flogen alle davon, außer Sicht. Die Befreiung löste alle Bande, alle Wege standen weit offen. Alle gingen fort, manche in großen, manche in kleinen Gruppen, mancher allein. Machten sich auf den Weg zu Frauen, Kindern, Trennungen, einem anderen Schicksal. Wellen aus dem Roten Meer erreichten schließlich die Kais im Hafen von Suez und ließen die *Alcantara* schaukeln. Sie wiegten ihn, aber nicht in den Schlaf. Die verbotenen Zeiten kamen zurück wie ein stark verlangsamter Bumerang. Holland, sein toter Vater, seine Brüder, seine Mutter. Immer seine Mutter. Die in zehn Tagen seinen Geburtstag feiern würde, er war sich sicher, daß sie es tat. 26. März, jetzt durften sie und er daran denken. Ob der Gedanke an jenen 26. März vor vielen Jahren auch sie beschäftigen würde? An den Vorfall, der den Bruch mit seinem Vater bedeutet hatte, den endgültigen beinahe? Auf den Straßen hatte Schnee gelegen, ungewöhnlich für die Jahreszeit. Der Tisch im großen Zimmer war schön gedeckt gewesen mit Familiensilber, Familiengeschirr, Familienleinen, sein Stuhl geschmückt, dachte er mit einem Anflug von Mitleid. Plötzlich hatte er seinen Vater angeschaut und auf dessen linkes Auge gezeigt, ein Auge aus Glas.

»Wie viele Aceh hattest du ermordet, bevor sie dich niedergeschossen haben?« fragte er. Er kannte die Geschichten seines Vaters und über seinen Vater, den ehemaligen Offizier der Niederländisch-Indischen Armee. Geschichten, die er so spannend gefunden hatte. Über Märsche durch Aceh, Hilfe für die Bevölkerung, Strafexpeditionen gegen Extremisten. Er hatte seinen Vater rückhaltlos bewundert. Oppositionsgeist ließ ihn diese Frage stellen, entgegen seiner Bewunderung. Die Frage hatte von ihm Besitz ergriffen, und er stellte sie in schroffem Ton. Am Tisch entstand eine Stille wie vor einer Exekution. Aber es fiel kein Schuß. Sein Vater schien überrumpelt zu sein. Sein kleiner, respektgebietender Vater schwieg. Hilflos gegenüber einer Frage, die eine Beschuldigung war.

»Ja, ich habe Kerle getötet, die kurz vorher Frauen und Kinder abgeschlachtet hatten. Du nennst das Morden, ich nicht. Wenn einmal eine Zeit kommt, in der du weißt, was Kämpfen und Fallen ist, reden wir wieder darüber. Aber ich glaube nicht, daß diese Zeit kommen wird.«

Geburtstagsstimmung war danach nicht mehr aufgekommen. Es war sein letztes Jahr zu Hause gewesen, das letztemal holländischer Schnee, sein Plan fortzugehen hatte schon feste Formen angenommen. Kämpfen und fallen, wenn sein Vater wüßte. Die Ironie eines nie für möglich gehaltenen Lebenslaufs: er selbst in der Ostindien-Armee, Vater und Sohn in der gleichen Uniform, undenkbar damals an seinem Geburtstag. Er hatte inzwischen seine eigenen Toten, drei waren bei dem Mädchen in Batavia liegengeblieben. Das Glasauge seines Vaters, die Kristallkugel des Wahrsagers. Die Geschichte hatte sich wiederholt, und ein Schicksal; Tote auf Tote geschichtet. Mord auf Mord? Mittlerweile zögerte er, in solchen Kategorien zu denken.

Die *Alcantara* lag direkt neben der *Oranje*, und doch war er einen Kontinent von dieser entfernt. Sieben Monate waren seit der Befreiung vergangen. Die amerikanischen Jeeps waren damals gekommen wie Geister aus einer rätselhaft fremden Welt. Man hatte sie fortgebracht, entführt aus ihrem tristen, angeketteten Dasein. Ihre vom Überlebensinstinkt bestimmte Routine war roh durchbrochen worden. Er hatte sich am Rand des Jeeps festgeklammert wie an dem Floß im Meer. Eher ungläubige Verwunderung als Freude; mit dem Mut der Verzweiflung hatten sie das Lager verlassen, die Banditeninsel, das verdammte Kaiserreich, mit gesenktem Kopf. Mit gesenktem Kopf!

Suez ließ den Strom der Erinnerungen wieder fließen. Die letzten Monate hatte er wie unter Narkose gelebt. Alles zog an ihm vorbei, eine Karawane von Ereignissen, ein triumphaler Einzug nach dem anderen, mit Frauen und Festen und Ausgelassenheit. In einer Nummer von *Life* gab es ein Foto von ihm, aufgenommen, als er in Manila an Land ging. Der Fotograf hatte etwas gerufen, was ihn aufblicken ließ. Im Hintergrund der Flugzeugträger, mit dem die Amerikaner sie geholt hatten. Um ihn herum die nach vorn drängende Menge. »Ihr seid die ersten!« hatte der Mann gesagt, als hätten sie an einem Wettkampf teilgenommen. Wenn er das Foto betrachtete, konnte er nicht glauben, daß er selbst der Abgebildete war. Das Stoppelhaar, der magere Kopf, die graue Haut. Er las die nicht einholbare Zeit in seinen Augen. Es war nur eins von vielen Fotos, von einem der vielen Fotografen, die das Magazin mit Bildern belieferten. Die neueste Mode in New York, eine Reportage über einen Bankier, ein Interview mit einem Filmstar, es regnete Neuigkeiten, mit denen man den Leser unterhalten konnte. Life goes on, Fronten verschieben sich, die Welt ist eine Nachrichtenmaschine. Er blätterte die Zeitschrift hin und wieder durch, um sein Gesicht zwischen so vielen anderen auftauchen zu sehen. Auf dem Foto war auch das Mädchen, das ihn Sekunden später spontan geküßt hatte und mit dem er tagelang durch die Stadt gestreift war. Einer völlig unbekannten Frau hatte er von den Jahren in den Lagern erzählt. Sie hörte zu, wie ihm nie zuvor ein Mensch zugehört hatte. Vielleicht nicht einmal seine Mutter. Er redete, zwang sich, Rechenschaft abzulegen über diese furchtbaren, zersetzenden Jahre. Rechenschaft, weil er noch lebte und so viele andere nicht. Er rang nach Worten, fürchtete, sie abzustoßen, den hohlen Klang des Abgrunds zu hören, den er selbst mit seinen Worten öffnete. Taumelte von Erinnerung zu Erinnerung. Fast hätte das Fieber des Erzählens ihn wirklich krank gemacht. Einem Menschen, der einfach nur zuhörte, war er mit seinen so lange unterdrückten Gefühlen nicht gewachsen. Sie hörte ihn an, fragte nichts, hielt ihn fest. Zusammen zogen sie durch die Rizal Avenue, verbrachten endlose Stunden in Bars und Restaurants. Sie tanzten, ließen sich von Kameraden aus dem Lager mitnehmen und fielen in Schlaf, wenn der Morgen schon weit vorgeschritten war. Wechsel von Ebbe und Flut, von Erzählen und gedankenlosem Untertauchen in Befreiungsfesten. Manila war der Rausch – und die Entziehungskur. Der Albtraum war vorbei, aber der Traum ließ auf sich warten. Immer wieder kehrte er zu dem Fluß zurück, dem gelbbraunen. Wie eine schmutzige, träge Viper glitt er durch den Urwald und bestimmte den Lauf seiner Gedanken. Er suchte nach den Bildern, die die Frau ihm gegenüber begreifen konnte. Es gab noch so viele Lücken in seiner Erinnerung, daß er sich schämte, wie wenig er wußte oder wissen wollte. Die sinnlose Zermürbungsschlacht, das Schlagen, die Exekutionen. Seinen Bund mit Guus erwähnte er nicht, diesem Verlust ging er aus dem Weg. In ihrer Nähe verschwand für Augenblicke das Gefühl des Fremdseins in der Welt. Sie gab ihm das Gefühl, daß er sein Leben wieder in den Griff bekommen, daß er wieder dazugehören könnte. Die unvergeßlichen Nächte von Manila, die Bedeutungslosigkeit der Zeit, das wilde Tanzen, das losbrach wie ein Sturm von den Bergen. Natürlich konnte es nicht von Dauer sein. Sie kehrte nach England zurück, und auf ihn wartete der nächste Transport, nach Batavia und weiter. Als er sie zu ihrem Schiff brachte, schwieg er, er konnte sie nur ansehen. Das Grün ihrer Augen. Nach allem, was er ihr erzählt hatte, war er auf einmal sprachlos. Ihr Abschied entfachte den Schmerz, der keine Tränen fließen läßt. Er hatte sich einfach umgedreht, und wieder wurde er sich seiner Einsamkeit bewußt, die sich irgendwann an ihn geheftet hatte, er erkannte das Gefühl. Es gab da etwas Unergründliches in ihm, eine Höhlung, ein Echo, das Geräusch eines wendenden Motorrads.

Über das Deck der *Oranje* rannten Kinder, endlich hörte er Lachen und albernes Rufen. Ein paar begannen ihm zuzuwinken, sie konnten gerade eben über die Bordwand sehen. Er winkte zurück, erleichtert durch seinen Entschluß, nicht mitzufahren. Nun kamen noch mehr, die winken wollten, ein ganzer Haufen Kinder, begeistert, weil sie jemanden gefunden hatten, der reagierte. Es brachte ihn nach Suez zurück, zurück aus dem Krieg, und er winkte wieder und wieder. Es kam ihm so vor, als würde er schon ein Leben lang auf Schiffen stehen und winken, wegfahren, ankommen, untergehen. Häfen auf eine Schnur gereiht, und nirgendwo blieb er. Dennoch hatte er es schätzengelernt, das Sich-Einschiffen war ihm zur zweiten Natur geworden. Öl und Wasser, Möwen und Kais, die Städte waren verschieden, aber Geruch und Geräusche überall gleich. In einer Woche würde ihn die *Félix Roussel* mitnehmen, nach Durban, Südafrika.

Die Tage in Suez brannten das Grübeln aus. Die Hitze war gewaltig, selbst Thailand konnte da nicht mithalten. Er fühlte sich entspannter und leichter als je zuvor.

»Don't be afraid, jump!« sagte der junge englische Marineoffizier zu ihm. Das Motorboot lag an der Kaimauer, nicht weit unter ihm, und natürlich hatte er keine Angst. Er sprang kurz entschlossen und brachte das kleine Boot gehörig ins Schaukeln. Der Engländer hatte ihn nicht so schnell erwartet und hielt nur mit Mühe das Gleichgewicht. Und gab gleich darauf Vollgas. Er wußte nicht, wohin es ging, und es ging auch nirgendwohin. Er saß oben auf dem Bug, unter ihm spritzte das Wasser zur Seite. Die Geschwindigkeit verzauberte ihn. Sie tanzten an Schiffen entlang, die vom Roten Meer in Richtung Suezkanal fuhren. Elegant und wild raste ihr Boot an schwerfälligen Frachtschiffen vorbei, die mit ihren Sirenen grüßten. Das hellblaue Wasser schäumte.

Der Wind, das Dröhnen des Motors – er versank in einen Zustand der Trägheit, in dem er nichts mehr fühlte oder wollte. Eine andere Dimension, etwas Ätherisches, Sanftes, Zeitloses, nur zu vergleichen mit Tagen aus einer fernen Jugend. Wie ein Mönch saß er auf dem Bug, vertieft in nichts. Der Engländer am Ruder sang – Fetzen davon drangen bis in sein Bewußtsein vor und lösten ihn noch weiter von allem ab. Buddha war nicht weit. Allem entkommen, dem Fluß, dem Appell, der Bombe. Verwirrt, verzweifelt und zu guter Letzt, endlich, hier in einem tanzenden Rennboot: durch und durch glücklich. Immer weiter jagten sie, Meile für Meile, in weiten Bögen. Das Land flimmerte in der Sonne, und sogar auf dem Wasser und im Fahrtwind spürte man die Hitze wie etwas Greifbares. Er dachte nicht mit dem Gehirn, er war durchlässig, Haut. Der verliebte Vagabund, der er einmal hatte sein wollen, war er jetzt. In Holland hatte man es nie begriffen: sein Aufbegehren gegen das Unvermeidliche, gegen ein Leben in Fesseln. Das war es, was ihn ins Exil getrieben hatte. Er wollte seine Tage am eigenen Zeichentisch entwerfen. Tage, die dann aber in Minenschächten und Zwang untergegangen waren, das ließ sich nicht leugnen. Selbst gezeichnet, selbst entworfen? Die große Illusion. Freiheit ist ein schönes Kleid an einem plumpen Wesen, das überall aus der Form geht und auf nichts und niemanden hört. Typische Äußerungen von Guus, der sein chronisch wiederkehrendes Ideal kritisierte. Vor allem im Lager Bandung hatten sie noch

Zeit und Energie genug gehabt, um sich gegenseitig auf die Probe zu stellen. Oase Bandung, das Villenstädtchen in den javanischen Bergen, wo reiche Holländer und Chinesen ihre Landhäuser bauten.

Das »Nichts« auf dem Bug des Marinemotorboots führte doch wieder zum Denken zurück. Der Skipper verringerte die Geschwindigkeit und riß ihn damit aus seiner Trance. Auf dem Kai dankte er dem Offizier, indem er kurz salutierte. Aber als er fortging, waren seine Schritte unsicher, ein Schwindelgefühl, das er sich nicht erklären konnte. Von den Wellen, von der Erregung dieser Fahrt, von seinem alten Verlangen? In dieser Nacht schlief er zum erstenmal seit vielen Monaten traumlos.

Die *Félix Roussel* war am Kai vertäut. Ein turmhohes Passagierschiff aus den *roaring twenties*, fast dekadent vor Schönheit und Luxus. Der Krieg hatte einen Truppentransporter aus ihr gemacht, trotzdem hatte sie sich ihre französische Arroganz bewahrt. Es gab eine unerbittlich exklusive Erste Klasse, das Bootsdeck, für Offiziere und ehemalige Kriegsgefangene. Bald würde er Suez verlassen, es waren leuchtende Tage gewesen. Dies sollte sein letztes Schiff sein, Suez – Durban, mit Zwischenstation in Mombasa. Städte, deren Namen man nur in Atlanten las, Laute aus lange vergangenen Erdkundestunden – das Unbekannte nahm die Farbe von etwas Vertrautem an. Etwas so Vertrautem wie der Farbe der Soldaten, die zu Hunderten schwer bepackt an Bord kamen: schwarz. Schwarze Südafrikaner auf dem Weg nach Hause, nach einem Krieg zwischen Fremden, mit denen sie nichts zu schaffen hatten. Er sollte sie bis zu ihrer Ausschiffung nicht mehr sehen. In den Minen arbeiteten sie nebeneinander, auf diesem Schiff waren die Decks streng getrennt.

Dann fuhren sie, ruhige See und heiße Musik. Bands wechselten sich ab, man sang, stieß miteinander an. Im heimatlichen Hafen würden Frauen und Kinder auf sie warten. Durban, Durban. Die Kriegsjahre, wer sprach noch von den Kriegsjahren. Gershwin und Frank Sinatra, Vera Lynn und Marlene Dietrich wollten sie hören. Die *Félix Roussel* erfüllte alle Wünsche, ein fahrender Prospekt aus der Vorkriegszeit. Sein Leben spielte sich zwischen Tanzfläche und Liegestuhl ab. An den Nachmittagen schlief er oft an Deck, obwohl der Ozean kaum Kühlung verschaffte. Das Schiff rollte sanft, und wenn man in den dunstig blauen Himmel blickte, konnte man sich der Illusion hingeben, auf einer Urlaubsreise zu sein. Ein paar Tage, bevor sie Durban erreichten, als die Nachmittagsträgheit auf dem Höhepunkt war, schallte es laut aus dem Bordlautsprecher: *Un homme à la mer!* Mann über Bord, Mann über Bord! Sie verlangsamten sofort die Fahrt, drehten bei, warfen Rettungsringe aus. Ein Boot wurde ausgebracht, die Besatzung verteilte Ferngläser. Dieses endlose Wasser. Solange man an Bord bleibt, ist die Welt etwas Faßliches, der Ozean erschlossenes Gebiet, man bewegt sich durch etwas, das einen trägt. Aber ein Schritt über die Reling, und der Raum ergreift einen, zerrt einen ins Unermeßliche. Wer fällt oder springt, ist dem Horizont rettungslos preisgegeben. Mit offenen Augen ins Netz. Die Suche dauerte Stunden, das Fahren in Kreisen war ein Zeichen ihrer Hilflosigkeit. Die Dämmerung stieg von den Wellen auf, das Rettungsboot kehrte zurück. Der Kapitän gab bekannt, daß das Schiff nun die Fahrt fortsetzen werde. Die Schiffssirene heulte, der Totengruß und sein Echo hallten über die See. Ein Rettungsring blieb leer zurück, die Dämmerung wurde Nacht.

Guus. Während der ganzen Suchaktion hatte er das Gesicht von Guus vor sich gesehen. Mann über Bord. In dem wilden Chaos nach dem Einschlag des Torpedos dieser gelassene Sprung und dieser ruhige Blick. Immer wieder glaubte er im Fernglas einen Kopf über den Wellen zu sehen, und von neuem verstrickte er sich in die Erinnerung an das Verschwinden seines Lagerkameraden. Hatte er genug gerufen, später genug nachgeforscht? Das Floß, neben dem er gelandet war, war sein Glück gewesen, er hatte die Hand ergriffen, die ihn aus dem Wasser zog. Gerettet, aber Guus war nirgends aufgetaucht. Aufgegeben, vermißt, ertrunken, anderswo gefunden und fortgeschafft, dann in einem anderen Lager zu Tode gekommen, durch eine Bombe oder durch Krankheit? Bei Guus hatte er nie etwas von Unbehagen oder Unzufriedenheit gespürt. Er hatte sein Leben in scheinbar mühelosem Gleichgewicht gelebt.

Equilibrist des Bewährten, Normalen, Sichtbaren. Keine großen Worte, keine Philosophie. Sein Scheitel saß in der Mitte. In Bandung waren ihrer beider Leben untrennbar miteinander verknüpft worden. Der Freiraum war minimal gewesen, die Bewacher rücksichtslos, und doch schien es ihm, als hätten sie dort weniger begrenzt gelebt, seltsam beweglich. In den Monaten, bevor man sie in die thailändischen Wälder jagte, hatten sie ihr Überleben geplant, von ihrer Vergangenheit und ihren Träumen erzählt; wo der eine war, war der andere nicht weit. Guus, der Mann des zielbewußten Lebens, der Familientraditionen, kannte keine Verzweiflung. Urteilte illusionslos und doch nachsichtig. Er dagegen war immer im Fortgehen begriffen, ruhelos, mit großartigen Vorstellungen von Unabhängigkeit und Abenteuer. Die Monate in Bandung waren die Grundlage für seine Rettung gewesen. Ohne Guus wäre er in Raserei untergegangen. Guus hatte seine Leidenschaftlichkeit erkannt, seine Ungeduld, seinen Mangel an taktischem Geschick. Und er hatte Guus gelehrt, eine Gelegenheit zu ergreifen, verwegen zu sein, wenn es sein mußte. Ins Meer zu springen beispielsweise, und dabei so zu tun, als spränge man in Scheveningen vom Pier. Voller Vertrauen, ohne Furcht, selbstsicher hatte er das getan – und trotzdem war er verschwunden, vermißt.

An den Tischen im Speisesaal war es still. Das Schiff setzte die Fahrt auf dem alten Kurs fort, bald hatten sie das Seemannsgrab weit hinter sich gelassen. Es war der

Pantry-Boy gewesen, ein Junge noch. Schon seit Tagen depressiv, und dann in die Tiefe. Sogar die Musik schwieg an diesem Abend.

Zwei Decks tiefer lehnten sich die Soldaten über die Reling und pfiffen und winkten. Durban war erreicht, das Ufer nah. Eine schwarze Frau sang ein Willkommenslied speziell für sie. Ihre Stimme wehte über das Schiff, niemand entging dem Gesang. Gegen diese Wehmut half nichts, er verlor sich in dem schwarzen Lied, dem wiegenden, gequälten Singen. Wie eine Mutter stand sie am Kai, wartend, voller Verlangen sang sie, aus tiefster Seele, mit erhobenen Armen. Die Männer applaudierten, schrien, stampften. Es war ihre Stadt, hier begann das Land, nach dem sie sich zurückgesehnt hatten. Langsam ging er über den Kai, an den wartenden Frauen und Familien vorbei, Tausenden von Menschen, die ihn und die Offiziere ansahen und grüßten. Hinter ihm leerte sich die *Félix Roussel*, und als er sich umdrehte, sah er, was er nicht sehen wollte: Männer und Frauen, die sich in den Armen lagen. Die Heimkehr. Eine Explosion von Glück, er wurde an den Rand gedrückt. Wenn er doch ein Motorrad hätte, wenn er doch noch einmal durch die Nacht über das Polderland fahren und sie unerwartet zu Hause besuchen könnte. Ihr Mund auf seinem Mund, Zungen aus Feuer, gottlos heiliger Moment, der nie Vergangenheit geworden war. Er war nach Südafrika zurückgekehrt, zu seinem alten, rußgeschwärzten Traum. Allein.

3

Durban verließ er schnell. Fuhr dahin, wo er gelebt hatte, nach Johannesburg. Aber unter Tage durfte er vorerst nicht arbeiten, und die Menschen, die er gekannt hatte, waren nicht mehr dort. Der Krieg hatte das Land gestreift, nicht mehr, und »Birma-Eisenbahn« sagte niemandem etwas. Er war doch nicht fünf Jahre unterwegs gewesen, um wieder hierhin zurückzukommen? So zog er weiter, nach Lourenço Marques in Portugiesisch-Ostafrika. Guus hatte Verwandte dort, erinnerte er sich, und der Klang gefiel ihm: Lourenço Marques. Die Stadt lag mit dem Bauch im Ozean und war ein Schaukasten der Sorglosigkeit. Portugiesen und Spanier, amerikanische Touristen, Bantus, Engländer, ein ganz anderes Afrika als das, das er kannte. Weniger kalvinistisch als Johannesburg, fröhlicher. Es gab dort alles, was er brauchte, nichts, das auf Vergangenes verwies, eine Stadt ohne Gedächtnis. Er fand Arbeit im Kasino, dem künstlichen Paradies des Flüchtlings. Um neun Uhr abends fing er an. Und wenn er morgens um fünf oder sechs Uhr gehen durfte, vergaß er oft das Schlafen. Die Nebel über dem Ozean, der noch menschenleere Strand; er im weißen Smoking des Barkeepers, die Füße im Wasser, in den Ohren die Brandung. In den Spiegeln an der Bar des Kasinos bewegte sich ein Unbekannter. Zwischen den Gläserstapeln und bunten Flaschen studierte er die Abnehmer seiner Spirituosen; Dompteur von Nachtschwärmern und Spielern. Sein Haar war wieder nachgewachsen, sein Gesicht anziehend wie früher, nur seine Augen waren anders. Glasig, matt, dunkel umrandet, als würde er dauernd im Schatten stehen. Es bildete einen auffälligen Kontrast zum Weiß des Smokings, und immer saßen Frauen in seiner Nähe. Bergmannsoverall, Lagerkleidung, Smoking, er sah keinen Fortschritt. Dreiunddreißig Jahre war er jetzt, das war das Alter, in dem Christus Galiläa verließ. Er war noch nicht über das Kasino von Lourenço Marques hinausgekommen. Eine Zeitlang wohnte er in einem Hotel an dem kleinen Boulevard am Hafen. Im Spielpalast war eine Nacht wie die andere. Ein spanisches Orchester spielte in dem Saal, der an seinen grenzte, jeden Abend das gleiche Repertoire. Von seiner Bar aus sah er die Roulettetische und die halbmondförmigen Tische des Baccarat. Das plätschernde Ticken der Kügelchen, das »faites-vos-jeux« und »rien-ne-va-plus«. Stiller Gewinn und noch stillerer Verlust in einem rauchigen Raum, einem Krematorium der Hoffnungen. Alles für die Bank, so endete es meistens. Gewinner waren selten, Verlierer kamen immer wieder, es war genau wie im Leben. Er mochte es, mochte die Rituale und die Erregung, die zum Roulette gehörten. Das Halbdunkel der Säle, den halben Traum, den anmutigen Selbstbetrug. Manchmal, bei Sonnenaufgang, wenn das erste Licht übers Meer huschte wie eine aufblitzende Klinge, sah er den Kopf fallen. Mehr nicht, er sah den rasenden Schlag und das Fallen. Die

Männer um ihn herum totenstill, der Kwai am fahlen Morgen noch dunkel. Er schüttete seine Erinnerungen mit Vergnügungen zu, mit möglichst vielen. In Lourenço Marques war das nicht schwierig. Die Mädchen vom Kasino-Cabaret und die Männer vom spanischen Orchester bevölkerten sein Hotel. Wenn sie nicht schliefen, tranken sie in der Lobby ein paar Gläser miteinander. An heißen Nachmittagen drangen die weichen Klänge eines Saxophons seltsam vertraut durch die offenen Fenster. November 1946, eine Ewigkeit von Nagasaki, Lichtjahre von Bandung; Augen zu, und es schneite in Holland. Er hatte für wenig Geld einen Vorkriegs-Citroën gekauft. Gegen fünf verstaute er ein paar Leute darin und fuhr zum Hotel Polana, zu ihrer Lieblingsterrasse direkt am Meer. Die Korbstühle und die makellos weißen Schürzen der Kellner, die Militärkapelle mit ihren Cole-Porter-Songs, die Flaneure, die Mädchenstimmen, Dasitzen und Nichtstun. Die Nächte und Tage von Lourenço Marques, traumlos, frei, die alte Vision von Selbständigkeit drängte sich wieder auf. Einen Sommer wie diesen hatte er nie erlebt. Hier wollte er versuchen heimisch zu werden, hier würde seine Unruhe vielleicht verschwinden. Aber was er im Kasino tat, konnte er das nicht auch allein? Kurz entschlossen ging er zur Banco Nacional de Portugal und lieh Geld. In wenigen Worten hatte er dem Direktor seine Lebensgeschichte erzählt. Und der Bankier war offenbar der Meinung, wer dreieinhalb Jahre japanische Lager überlebt hatte, müsse genug

Ausdauer besitzen, um ein kleines Geschäft führen zu können. Nicht weit vom Kasino entfernt eröffnete er eine »American Bar«. Touristen aus Amerika mieden das arme, kaputtbombardierte Europa und besuchten die Küsten Afrikas. Wie er ihnen in Japan und Manila zugeprostet hatte, so hoben die Amerikaner nun ihre Cocktails an seiner Theke. Damals hatte man Toasts auf die Freiheit ausgebracht, jetzt zwinkerte man den freien Tagen zu.

Das Rauschen des Deckenventilators war das einzige Geräusch in der Bar, als sie eintrat. Um vier Uhr nachmittags waren noch keine Gäste da, er saß im dunkelsten Teil und las Zeitung. Eine Frau kam zögernd herein, mit ihren noch auf helles Licht eingestellten Augen sah sie ihn nicht gleich. Er stand auf und bat sie, näher zu kommen. Und fragte, ob sie etwas trinke wolle. Sie kam auf ihn zu, langsam, vorsichtig beinahe. Aus einem Impuls heraus gab er ihr die Hand. Verwundert über seine unerwartete Herzlichkeit, schaute sie ihn an. Er fragte noch einmal, was sie zu trinken wünsche, und bereitete dann wortlos ihren Tee mit Zitrone zu. Auf der Straße waren um diese Zeit nur wenige Menschen unterwegs. Die Touristen blieben noch im Schatten, die Kundschaft der American Bar traf gewöhnlich erst ab sechs Uhr allmählich ein. In der Zeit davor war er oft allein. Die leersten Stunden des Tages, in denen er am verletzlichsten war und seinen Gedanken nicht immer die gewünschte Richtung geben konnte. Eine plumpe, unterdrückte Sehnsucht nach seiner Kinderzeit. Honk, Leben unter einer Glasglocke. Die schreckliche Sentimentalität, die ihn manchmal lähmte, wenn er an seinen Vater und seine Mutter dachte. All die Jahre des Aufbegehrens schmolzen zu einem Augenblick zusammen. Sprung rückwärts, ein Gedächtnis wie eine Antilope. Er hatte eigentlich nie jemandem erzählt, nicht einmal Guus, wie es dazu gekommen war, daß Afrika eine solche Faszination auf ihn ausübte.

Die Frau setzte sich an einen Tisch nicht weit von seinem eigenen. Die Wärme hing zwischen ihnen, nichts war zu hören außer dem Ventilator. Er sah, daß sie die Fotos betrachtete, die er aufgehängt hatte. Alte Fotos aus dem Lourenço Marques der Vorkriegszeit, lachende Portugiesen neben einer Straßenbahn, Häuser im Kolonialstil, ein Stadion. *Couleur locale* gegen die Kahlheit, Reflex aus der Zeit seines Vaters, der immer und überall »etwas an der Wand« hatte haben wollen.

Ihre Augen waren die Augen des holländischen Mädchens, der gleiche rasche Blick, das Tastende, Herausfordernde darin. Der großartige Moment, als er ihre Hand genommen hatte, der Triumph, als sie ihren Mund nicht wegdrehte, die Stille um sie herum wie ein Gehäuse, das jeden Laut verschluckte. Mit dem Motorrad war er zu ihr gefahren und hatte sie verloren. Wo mochte sie sein? Hier, beinahe, eine Frau wie die, die dort saß, so mußte sie geworden sein. Zögernd, elegant, wachsam.

Er hatte ihr den Tee gebracht, und sie schwiegen eine Zeitlang. Immer kehrte das alte Bild des Motorradmädchens völlig überraschend wieder. Alles kehrte wieder, ein Gesicht wurde zur Aussicht in eine ferne Vergangenheit. Ein Blick, ein zögernder Schritt, eine Hand in seiner Hand zu einer vergessenen Stunde: vier Uhr in einer Bar in Ostafrika, und in derselben ungeteilten Sekunde war er zurück, zu Hause, nie fort gewesen, nie in einem Lager, in einem dunklen Zug, einem torpedierten Schiff, im Zenit einer Bombe.

»Gibt es Ihre Kneipe schon lange?« fragte sie. Das Wort Kneipe tat ein bißchen weh. Er zeigte auf die Gegenstände ringsum, die Theke glänzte noch, die Decke war nicht rauchgeschwärzt. »Vor zwei Monaten eröffnet, ein Grab voller Ideale«, sagte er lachend.

Vor allem ihre Augen waren es, worauf er achtete. Fragen, andere Fragen, ihre Worte klirrten aneinander wie Eiswürfel gegen Glas, wenn er einschenkte. Es klang erwartungsvoll. Sie redeten, zwei Stunden, ununterbrochen. Zwei Stunden, in denen kein Mensch sein Zimmer verließ, um in eine Bar zu gehen. Auf der Straße hin und wieder ein Auto, verschwommene Flecken am Eingang und Stimmen, die sich vorbeibewegten, weit weg die Schreie von Möwen über dem Strand. Seit dem Rausch von Manila, mit der Frau, die nur zuhörte, die wie ein Brunnen war, in dem seine Worte widerhallten und verschwanden – seit jenen Tagen hatte er mit niemandem mehr so gesprochen.

»Afrika, warum Afrika?« Beiläufig hatte sie die Frage gestellt, vertieft in ihr verschwörerisches Gespräch. Er hatte es selbst nie ganz verstanden, seine unreflektierte Bewunderung für den Mann mit dem Nietzsche-Schnurrbart und dem verwitterten Gesicht. Ein Wunderarzt, ein Organist auf Tournee, auf Einladung seines Vaters gekommen, um zu spielen und bei ihnen zu wohnen.

Er betrat das Gebäude durch einen Seiteneingang und schob sich auf eine der stumpfen Holzbänke. Um ihn herum saßen in sich gekehrte Menschen, hatten die Augen geschlossen oder starrten vor sich hin. Die Musik, in die er eintauchte, sprang in alle Richtungen davon, gehörte zu nichts Bestimmtem. Ein Mann, der vorn an der Orgel saß und die Pedale trat, eroberte mühelos den Kirchenraum. Beeindruckende Klänge, beeindruckender Mann. Spiel für Fromme, natürlich mochte er die Orgel nicht, aber er konnte nicht leugnen, daß dieser Organist ungewöhnlich gut spielte. Das Bleischwere war daraus verschwunden, man hörte nichts von Anstrengung, sah nichts von Schwärmerei. Eigentlich war es Musik für Tote, aber dieses Konzert durchbrach sein Vorurteil.

Der kleine Mann in der ersten Reihe, der einäugige Offizier im steifen Zivilanzug, dankte nach dem letzten widerstrebend verklungenen Ton dem Publikum für seine Aufmerksamkeit. Und dem Organisten für sein Spiel. Kurzes Nicken, rascher Händedruck, sein Vater führte den schnurrbärtigen Musiker durch den Mittelgang hinaus. Die Leute standen auf, die beiden gingen durch ein Ehrenspalier, Inspektion der Truppen, sein Vater und der Orgelspieler. Von der Kirche zum Empfang in Honk, ihrem Haus. Erst lange nach den anderen traf er dort ein. Honk stand wie ein Altar in der Nacht, mit Kerzen in allen Fenstern, Lichtern an der breiten Freitreppe und den Säulen des Eingangs. Aus einiger Entfernung schon hörte er das Summen von Stimmen, eine Violine, Lachen. Er zögerte, scheute das obligatorische Geplauder, die glattpolierte Oberfläche von allem. Er ging weiter in den Garten, um im Schutz der Dunkelheit Mut zu sammeln. Lauschte, sah die Schatten, das eifrige Hin und Her der Bedienung. Er fand einen Liegestuhl, schaute in einen schwarzen Himmel; etwas gärte in ihm, wehrte sich gegen das Leben hier. Sein Vater mit seinen Orden und Beziehungen hatte nur eine Perspektive zu bieten: daß man in seinem Kielwasser segelte. Was sollte er nur tun, er bekam keine Luft, er wollte nicht werden wie die anderen, sein Vater, seine Brüder, seine Freunde. Er widersetzte sich den Worten, die ihn einwickeln und lenken sollten. Den schleichenden Einflüssen, allem, was ihn dahin bringen sollte, eine Laufbahn zu wählen, zu heiraten, ein Knopfloch im Revers zu füllen. Dort im Garten wurde ihm bewußt, wie tief sein Widerwille geworden war. Honk war ein Märchen, ein Pappmachétraum. Er gehörte da nicht mehr hin, auch wenn später seine Sehnsucht so furchtbar brennen sollte, wenn er daran zurückdachte. Schon seit Monaten sah er voraus, daß er seinen Schulabschluß sausenlassen würde, er war nutzlos für das Leben, das ihm vorschwebte. Reisen würde er, umherziehen, fort von guten Manieren und Traditionen. Freiheit, keine Gewißheiten, sondern Fahrt ins Ungewisse, auf einem Motorrad, auf einem Schiff, fort. Unbändige Ideale, unfertige Vorstellungen vom Meisterwerk seiner Zukunft. In dem Liegestuhl hinten im Garten war er auf eigenem Gelände, einem Beobachtungsposten, von dem aus er eine wilde Unabhängigkeit sehen konnte. Er schwebte, sah seine Flucht aus der beengenden Stadt. Schritte auf dem Kies machten der Trance ein Ende. Seine Mutter kam zu ihm. Zusammen schauten sie zu ihrem Haus hinüber, ihrem vornehmen, stattlichen, seltsamen Honk. Später in seinen Erinnerungen sah er sie in ihrem Haus, am Klavier, mit ihren ruhigen Bewegungen, unberührbar. Sah sie nach Hause kommen, die Hände in ihrer kurzen Pelzjacke, wortlos. Ein Getümmel von Schemen war in seinem Kopf, aber ohne Zusammenhang, ohne Ordnung, ohne Stimmen. Seine Mutter bestand aus Scherben. Noch später, in den dunkelsten Jahren, dunkler noch als die des Krieges, fühlte er nichts als Schmerz, wenn er an sie dachte. Eine sanfte Art von Schmerz, die manche Liebe nennen.

»Komm mit rein, Rob«, ihre Hand lag an seiner Wange. Am liebsten hätte er sie festgehalten, noch eine Weile ihre Stimme gehört. Törichte Sentimentalität, ein kindischer Wunsch. Ihre Stimme, ihr samtenes Halsband wie das eines Kätzchens, ihr leises Klavierspiel: Es drang tief in ihn ein, blieb bis zum Tod.

Natürlich gingen sie zusammen ins Haus, mitten hinein in das Fest, den aufgeregten Grüppchen geladener Gäste entgegen. Da sah er ihn – ein deutscher Bauer, ein polnischer Bergarbeiter vielleicht, wenn er nicht gewußt hätte, daß es Albert Schweitzer war, seit Wochen schon in der ganzen Stadt auf Anschlagzetteln angekündigt. Er stammte aus dem Elsaß, einem Land, das niemandem gehörte. Ende Fünfzig, sonnenverbranntes, zerfurchtes Gesicht. Knittriges Jackett, helle Hose, eine Lichtung im Wald der dunklen Anzüge. Sein Vater führte den Mann herum, als zeigte er Tulpenzüchtern eine exotische Orchidee.

»Mein Sohn Rob – sucht das Abenteuer wie Sie«: Das Deutsch seines Vaters verblüffte ihn. Schweitzer sah ihn an. »Ich bin kein Abenteurer, wie dein Vater meint. Wenn es nur so wäre. Ich rudere immer über denselben Fluß, im selben Boot, immer zum selben Dorf, das hat nicht viel mit Abenteuer zu tun.« Sein Vater wollte etwas entgegnen, wurde aber von jemandem abgelenkt, der ihn ansprach. Jetzt standen sie eine Weile allein zusammen, und er wagte es, ihm halb auf deutsch, halb auf englisch ein paar Fragen zu stellen. Der Mann sprach von Gabun, den Urwäldern und Savannen, ihrer erschütternden Schönheit, aber bevor er richtig in Schwung gekommen war, führte sein Vater ihn weiter. Der Offizier und der Orgelmann, der Bürgermeister in seinem Zweireiher und der Armenarzt. Sein Vater mit seiner Trophäe. Sein tapferer, kleiner, unerreichbarer Vater. Wie er langsam von seinem Vater forttrieb, wie er ihn unbedingt verletzen, ihn abschütteln, ihn sich entfremden wollte. Ein unbeherrschbares Verlangen hatte ihn erfaßt, von ihm wegzulaufen und seinem Blick zu entkommen, dem einen Auge. Der einäugige König der Stadt. Auf Patrouille in Aceh einen Kopfschuß erhalten, ein Auge gerettet, und im Lazarett aus dem Bett gesprungen, als der General zu Besuch kam. Salutieren im Pyjama, Hand am Saum der schlottrigen Jacke, Hand am schwerverwundeten Kopf: zur Stelle, immer zur Stelle, niemals abwesend, niemals Furcht. Bei der Brotrevolte in seiner Stadt hatte die Menge zum Haus des Bürgermeisters gedrängt. Er erinnerte sich noch, wie seine Mutter und sie, die Kinder, sich hinter die Heizung setzen mußten, sie war aus Eisen, bot Deckung. Rohe Kerle vor der Tür riefen nach seinem Vater: Sie würden ja wohl Brot im Haus haben, die hohen Herren hätten bestimmt genug zu fressen! Dieser Ton. Und dann, wie sein Vater, von Polizisten umringt, die größten Aufwiegler aufforderte, ins Haus zu kommen und nachzusehen, wo dort das Brot war. Die Wut, daß sie nichts fanden, und wie sie wieder hinausgingen und riefen: Auf sein linkes Auge zielen, Jungs! – das war natürlich das gesunde. Und daß sein Vater den Polizeioffizier ansah, mit diesem gesunden, scharfen Auge, und nur ein Wort sprach: Angriff.

Er kannte die Geschichte in- und auswendig, er hatte sie mit seinen Brüdern nachgespielt, er hatte sie seinen Freunden erzählt, er träumte davon: Angriff, sein Vater auf ein paar Buchstaben reduziert.

Der Offizier und der Pazifist, Dolch und Gänsefeder, Degen und Verband, er sah sie an den Beigeordneten vorbeigehen, den Direktoren und Räten, dem Pfarrer, dem Notar. Alle waren sehr interessiert, ein bißchen höflicher, ein bißchen fröhlicher als sonst. Die beiden zogen wie Bienen von Blüte zu Blüte, aber den Honig brachte sein Vater mit. Angriff, und touché.

Der Empfang dauerte nicht lange. Zufrieden, erleichtert trat man in den windstillen Abend hinaus. Man hatte den großen Mann gesehen, mit ihm gesprochen sogar, ihm die Hand gegeben. Der Geiger blieb bis zuletzt und spielte bescheiden weiter, fast unhörbar. Schweitzer und sein Vater und er saßen in einem kleinen Nebenzimmer, im Kamin brannte ein Feuer. Kaminfeuer im Frühjahr, typisch sein Vater. Portwein, Aufräumgeräusche, Stuhl- und Tischgeschiebe. Der Orgelmann erzählte. Afrika leuchtete auf. Nie zuvor hatte er jemandem so zugehört. Gabun, der Name des Landes klang wie eine Herausforderung. Gabun, der entlegene Winkel, in dem er sich niedergelassen hatte. In Booten flußaufwärts, auf dem unberechenbaren Fluß quer durch den Urwald. Preisgegeben war man dem Strom, den Felsen, den Engpässen und den Wasserfällen. Die Reise zu einem immer weiter vorrückenden Außenposten, tief in einem gottverlassenen Wald. Er wurde zum Wunderarzt befördert, zum Zauberer, wurde ein Magnet der Erwartungen und der Hoffnung. Und sie kamen, aus allen Ecken und Löchern, aus anderen Wäldern, Tagereisen entfernt. Verkrüppelt, krank, halb tot, aber nie, ohne ein Lied vor sich hin zu summen. Der Fluß war sein Leben, das Dorf, das er baute, seine Zukunft. Das Heimweh nach dem schwarzen Kontinent war übermächtig. Jeder Aufenthalt in Europa brachte ihn durcheinander. Orgelspiel half ihm dann, sich zusammenzunehmen, so gut es ging. Musik für Rituale, entstanden aus dem Trieb, den Tod zu überlisten, und dem anderen Trieb, einfachen Liedern ein Fundament von weiteren Stimmen zu geben. Er gab Konzerte, um neues Geld für sein Krankenhaus zu beschaffen.

»Philosophie dahinter?« fragte sein Vater, aber es klang wie ein dienstlicher Befehl.

Der Elsässer zögerte nicht: »Mangel an Argwohn, Zuviel an Energie, Gefühl, daß das Gleichgewicht in der Welt verlorengegangen ist. Zwangsvorstellung, daß ich daran etwas ändern muß.« Er grinste, als er das verdatterte Gesicht des Fragestellers sah, und entschuldigte sich für seine ironische Antwort. Er erklärte, daß er von dem übermäßigen Drang beherrscht sei, seinem Tun einen Sinn zu geben. Und daß es in Deutschland und anderswo in Europa unmöglich sei, einen Gott für seinen Glauben zu finden.

Er sah die beiden Männer an, seinen Vater und den fremden Arzt. Und in diesem Moment entschied er sich für den Orgelmann, für den Gottsucher, den zurückweichenden Horizont. Für die Reise stromaufwärts, das Ungebahnte, das Unmögliche. Dieser Schweitzer schien ihm von einem ganz anderen Kaliber zu sein als alle Menschen, die er kannte. Für ihn gab es kein Leben im Gleichschritt, er stand quer zu allem. Überall hatte das Marschieren angefangen, im Vaterland des Wunderarztes ließ man die Masken fallen und baute man die ersten Lager, aber der Orgelmann hielt seinen eigenen Tritt.

Sein Vater war weniger beeindruckt, zumindest ließ er es sich nicht anmerken. Auch er kannte den Urwald, auch er kannte die tropische Hitze und den unheilverkündenden Ruf des Elefanten. Aber ihm wäre es nicht in den Sinn gekommen, aus der Reihe zu tanzen, er glaubte vorbehaltlos an Führung, Disziplin, Struktur und Hierarchie. Dennoch gab es etwas wie eine Wesensverwandtschaft zwischen den beiden. Der eine erkannte im anderen etwas wieder, er wußte nicht, was. Wie sie von der Nacht sprachen, die über den Urwald fiel – oh, später, später sollte er das besser verstehen als jeder andere. Er spürte, daß es da ein seltsames Einverständnis zwischen ihnen gab. Der Soldat auf der Jagd nach Rebellen, bis an die Zähne bewaffnet, getarnt, gepanzert mit zu Mut geformter Angst. Und der Arzt, Rücken zum Feind, tief im Dschungel zwischen Wasser und Schlafkrankheit, Lepra und Tod, rastlos operierend in einer Blockhütte. Im Nebenzimmer hörten sie, wie der Geiger zu spielen aufhörte und sein Instrument in den Kasten packte. Die Stille, die er zurückließ, glich der Musik, die er gespielt hatte.

Afrika und Aceh saßen nebeneinander, rauchten eine Zigarette und tranken von ihrem Port. Er sagte nichts, wollte nur dabeisein. Er würde seinem Vater sagen, daß er fortging, nach Afrika, vielleicht aber auch nach Ostindien, wer weiß, nur fort. Über Elefantenpfade statt über Treppen zu irgendeinem Büro. Später kam es ihm so vor, als hätte dieser Abend den letzten Anstoß gegeben. Der musikalische Kraftmensch mit dem beinah zärtlichen Anschlag hatte ihn verwirrt und zugleich entwirrt.

»Eines Tages fuhr ich auf dem Ogowe nach Norden. Um sechs Uhr springt dort die Nacht wie ein Leopard aus den Bäumen. Links und rechts zogen Nilpferde vorbei, ruhige Kolosse, die uns nicht bedrohten. Es war gerade noch hell, aber die Dunkelheit sammelte sich schon. Die Hitze war etwas erträglicher geworden, Wind war aufgekommen, Vögel kreischten, an den Ufern sah man ihre Farben schimmern. Und plötzlich empfand ich eine grenzenlose Verehrung für alles, was lebte. Ich sah nur noch Leben um mich, alles wollte dasein. Das besinnungslose, ziellose Ringen um Selbsterhaltung, das langsame Vorüberziehen der Nilpferde, wehrlos beinah, all das flößte mir eine überwältigende Ehrfurcht ein. Bekehrt von einem Nilpferd, wenn das nur in Deutschland niemand hört!« Er lachte, der Zauberer. Sein Vater auch, er hob sein Glas: »Auf das Nilpferd, auf die Freiheit, auf die Zukunft.«

Lourenço Marques würde bald aus dem Nachmittagstraum erwachen. Jeden Moment konnten Gäste in die Bar kommen, und er würde die Frau, die ihm gegenübersaß, allein lassen müssen. Muriel hieß sie, und sie wollte wiederkommen. Wo sie wohne? Sie schaute ihn wachsam an und gab keine Antwort. Seine Geschichte und das, was er nicht erzählt hatte, waren der ausgeworfene Köder, auch wenn er sich darüber selbst nicht im klaren war. Was sie nicht sah, war der Haken unter seinen Worten. Jetzt war sie es, die ihm die Hand reichte, dann ging sie, diesmal ohne Zögern. Auf dem Gehsteig blieb sie noch kurz stehen, als müsse sie sich erst orientieren. Aber sie sah sich nicht um, verschwand ruhigen Schrittes aus seinem Blickfeld.

4

Er hatte ihn nicht gefunden. Die paar Niederländer in der Stadt hatten nie von ihm gehört, niemand kannte Verwandte von Guus. Manchmal, wenn er aufs Meer hinaussegelte, allein oder mit Muriel, wäre er am liebsten immer weiter gefahren, den Wellen gefolgt. Immer schmerzlicher empfand er den Verlust, wenn er sich von Wasser umgeben sah, es machte ihn fast krank. Man suchte nach ihm, jemand rief ihn, ein Kopf ragte aus dem Wasser, ein Arm winkte, ein Floß stieß gegen sein Boot. Er hatte es so geträumt, er phantasierte es in der Hitze des Tages.

»Die Sonne ist dein schlimmster Feind«, hatte Guus oft gesagt. Und es stimmte, der unfairste Kampf seines Lebens war der mit der brüllenden Sonne von Java und Thailand gewesen, einer Sonne, die lärmte, daß es in den Ohren rauschte und knackte. Der Kopf knirschte, die Hitze tobte im Körper und fand keinen Ausweg. Guus hatte sie besser vertragen als er. *Lekas, lekas,* schnell, schnell, in die Reihe, endlose Stunden warten, stehen. Das dumpfe Klatschen, wenn in der Nähe jemand in Ohnmacht fiel. Es war streng verboten, den Kopf zu drehen oder sich umzuwenden, was Guus einmal vergessen hatte. Er hatte sich halb umgedreht und flüsternd gewitzelt, sie dürften nur ja nicht in Ohnmacht fallen, weil die Japse einen dann in ein anderes Lager verlegten. Bandung 1942. Sie sahen den Schlag nicht einmal kommen. Der kleine Unteroffizier fällte Guus, noch bevor er den Kopf wieder hatte zurückdrehen können. Zusammengerollt lag er auf dem Boden, leblos. So wirkungsvoll kann ein Schlag in den Nacken sein. Man liegt da wie tot, aber nach ein paar Minuten steht man wieder. Seine Angst, daß der Soldat Guus ermordet haben könnte, das Gefühl der Ohnmacht, weil er ihm nicht helfen durfte. Dann sah er, wie sein Freund die Augen aufschlug, etwas verwundert, und sich langsam erhob. Unnatürlich gleichmütig, fast aufreizend korrekt nahm er seinen Platz in der Reihe wieder ein, ein Wunder an harmonischer Bewegung. Mit einer Hand fuhr er sich durchs Haar, strich sein Hemd glatt, damit war die Unebenheit in den Appellreihen beseitigt. Selten hatte er einen Mann so reagieren sehen. Von da an waren sie unzertrennlich, sein Leben mit Guus hatte begonnen. Guus, der nie den Drang verspürt hatte, sich so radikal von allem zu lösen wie er. Aristokratisch, selbstsicher, aufgewachsen in einem Haus mit den gleichen Gewohnheiten und Traditionen wie in Honk. Aber ohne seine Querköpfigkeit, ohne seine Wut. Guus hatte angefangen zu studieren, als bei den östlichen Nachbarn die Feuer geschürt wurden. Aber darauf achtete man nicht weiter. Ohren zuhalten. Juden, Sudeten, Österreicher, das waren unbestimmte Gerüchte. Konzentrationslager, Flüchtlinge, Japaner in China: zur Kenntnis genommen. Wien, München: nicht in Ordnung, aber was konnte man schon dagegen tun.

Nürnberger Gesetze, Bücherverbrennungen, Kristallnacht: Zeitungsberichte. Und doch war er nicht unsensibel, im Gegenteil. Es schwelte, er roch die Gefahr. Und im letzten Augenblick, bevor es zu spät war, hatte er eine Stelle in England angenommen. Das Londoner Büro von Shell in einem Außenbezirk der Stadt ernährte eine ganze Reihe von jungen Akademikern. Als der Krieg schon in Sicht kam, fuhren sie auf die andere Seite des Kanals, in der Hoffnung auf Arbeit und Abenteuer. Guus hatte ihm die Atmosphäre beschrieben, die tödliche Gleichförmigkeit der Büroarbeit und die flimmernden Tage des Sommers 1940. Sandsäcke vor dem Parlament und den Ministerien, Zeppeline über der Stadt, Truppen auf den Straßen. Der Krieg drang in alle Ritzen, erhitzte jedes Gespräch. Und doch, dieser Sommer sollte ihm als Oase der Freiheit in Erinnerung bleiben. Der überfüllte Pub, in dem er jeden Abend nach der Arbeit diskutierte, war das Barometer der Zeit. Noch war es ruhig nach den Schlachten auf dem Kontinent und der Flucht aus Dünkirchen. Die Sonne schien über einem wartenden und wachenden London, grellblaue Himmel im Juli, gefiltertes Licht im August. Im Büro arbeitete er als Jurist für ein Unternehmen, das über Europa hinausblickte. Kein Krieg ohne Öl, kein Angriff ohne Benzin, so lautete die neutrale Feststellung eines großen internationalen Konzerns. Die Kinos waren immer voll, wie die Jazzclubs und Theater; die Zeitungen brachten laufend Extrablätter heraus. Man ist Schauspieler und lernt seine Rolle auswendig, man ist Journalist und schreibt seinen Artikel, man ist Wirt und zapft Bier. Draußen spukt es, draußen lauert etwas, draußen rollt der unsichtbare Zug. Guus paßte sich mühelos ein in diese Stadt, die sich auf das Schlimmste vorbereitete. Die Luftschutzräume, die jetzt im Eiltempo gebaut wurden, waren eine Warnung, aber Angst hatte er nicht. Er war siebenundzwanzig, frei, ohne Frau oder Kind. Sein Apartment in Camden Hill wurde von Shell bezahlt, und den Flügel hatte er gebraucht kaufen können. Abends spielte er, das geöffnete Fenster ging auf den ovalen kleinen Park vor seiner Tür, auf dessen Bänken tagsüber Leute Zeitung lasen oder einfach nur dasaßen. Er spielte, als hinge sein Leben davon ab. Musik, die aus ihm selbst zu kommen schien – es gab Augenblicke, da konnten bestimmte Akkorde ihn fast zum Weinen bringen. In diesen Monaten versuchte er sich an allen Stücken, die er je geübt hatte. Rachmaninow, Chopin, Mendelssohn lockten ihn aus der Reserve. Es waren Monate der Entsagung und Monate der Hingabe. Aus jedem Radio schallten Churchills Reden, er saugte sie begierig auf. Meldungen über die bevorstehende deutsche Invasion, Verlautbarungen zur Entschlossenheit der englischen Armee, abwechselnd mit den letzten Ergebnissen im Kricket. Guus lebte wie nie zuvor. Sein ausbalanciertes holländisches Dasein war weit weg. Musik, Krieg, Öl, Pub und der unausweichliche Angriff auf London, Guus hatte das Gefühl, Teil eines großen geschichtlichen Augenblicks zu sein, der nun rasch nahte. Er liebte es, alles im Licht der Historie zu sehen. Was man später wohl über die Zeit sagen würde, die er jetzt und hier erlebte? Er verstand es sehr gut, sich aus seiner eigenen Zeit wegzudenken. Am liebsten wäre er mit einer Zeitmaschine gereist, in die Zukunft allerdings, vorwärts, nicht zurück. Im Widerspruch dazu stand sein Klavierspiel. Musik ist Erinnerung, Wehmut, von der man sich nicht befreien kann. Wenn er am Flügel saß und spielte, war er wieder zu Hause, sah er, wie er früher gewesen war, noch bevor die Welt sich geöffnet hatte, vor den Büchern und der Musik, vor Freundschaft und Verwirrung: Dann sah er den Urzustand, das Geheimnis seines Gleichgewichts.

Beim ersten großen Tagesangriff auf die Stadt nahm er an einer Sitzung teil, Überstunden mit ein paar anderen Männern aus dem Büro. Es war Samstag, der 7. September, Nachmittag, Tassen mit Tee standen vor ihnen, man dachte daran, essen zu gehen oder ins Kino. Der Luftalarm heulte in den Straßen, aber niemand reagierte. Autos fuhren weiter, der Bus nahm Fahrgäste mit, kein Mensch rannte. Luftalarm war für andere, weiter weg, es mußte ein Irrtum sein. Die Illusion hatte nicht lange Bestand. Stoßwellen breiteten sich durch die Stadtviertel aus, bis zum äußersten Ring. Die Hafenanlagen standen in Flammen, es hagelte Bomben, das Zentrum rauchte und kochte. Später im Pub hörte er, daß es mindestens tausend Flugzeuge gewesen seien, ein Wolkenbruch zerstörerischer Gewalt. Schon beim nächsten Angriff, am selben Abend noch, war kein Hund mehr auf der Straße, als der Alarm einsetzte.

In einem Zustand gespannter Aufmerksamkeit erlebte er die wachsende Gefahr. Vor allem nachts, zu den unwirklichsten Stunden, schwirrten die Bomben herab. Das Zufällige eines Flugzeugs, das seinen Bombenschacht öffnet. Auf ein Zeichen drückt der Bombenschütze einen Knopf, und sofort zieht der Pilot die Maschine weg, aus den Lichtkegeln der Suchscheinwerfer. Ein Schattenreich hoch über seinem Haus. Eine ohrenbetäubende Welt aus Sturzflügen, ratternden Maschinengewehren, Stichflammen. Manchmal saß Guus im Dunkeln auf seinem Balkon und sah hinauf, die Stadt ringsum war verdunkelt. Er verabscheute die fremden Piloten, die nach Lichtern am Boden suchten. Auf gut Glück warfen sie ihre Bomben, manchmal weit vor oder hinter ihrem Ziel, London. Zugeklebte Straßenzüge, überall schwarzes Papier an den Fenstern, Menschen in Luftschutzräumen und den Gewölben der U-Bahn. Sich verkriechen; wer mich nicht sieht, kann mich nicht treffen. Aber er hörte in den August- und Septemberwochen von Zehntausenden Toten und Verletzten. Unbekannte, nicht sichtbar für die Angreifer, dennoch umgekommen unter Schutt, zu Asche verbrannt, pulverisiert. Die Nächte ohne Schlaf in Camden Hill. Morgens ging er todmüde ins Büro, in der Hoffnung, daß das Haus noch stand. Immer wieder nahm er andere Wege, um nicht trübsinnig zu werden vom Anblick all der zerstörten Häuser. Aber nach einiger Zeit ging er immer denselben Weg, weil er dann wenigstens dem Ausmaß der Verheerung nicht ins Auge zu sehen brauchte.

Erst der Alarm, der heranwehte. Dann die unheimliche Stille, das Warten auf das Brummen der Flugzeuge. Anschwellender Lärm. Er saß auf dem Balkon, draußen hing noch die Septemberwärme. Hin und wieder heulte eine Sirene, die ebenso abrupt wieder aussetzte, auf ein geheimes Zeichen oder einfach durch irgendeine Störung. Die Bombe schlug hundert, vielleicht zweihundert Meter entfernt in eine Häuserreihe ein. Gerade hatte er gedacht, daß es nun doch zu laut wurde und daß er besser hineinginge. Halb aufgestanden, wurde er auf seinen Stuhl zurückgeworfen, die Echos dröhnten ihm in den Ohren. Sofort loderten Flammen auf, er rannte zu dem getroffenen Haus, konnte aber nichts tun, die Hitze war enorm. Feuerwehr, Polizei, Krankenwagen, ein Betrieb wie am hellichten Tag. Durch Zufall war niemand ums Leben gekommen. Die Leute, die in dem Haus wohnten, waren nicht in der Stadt. Er starrte auf das brennende Gebäude, auf die Geschichte seiner Bewohner, die im Knistern und Prasseln verschwand. Fotoalben, sorgsam aufbewahrte Kinderzeichnungen, Erbstücke, das erste gekaufte Service. Reglos verfolgte er das Schauspiel des Feuers und konnte sich nicht davon losreißen. Es war nichts von Panik zu spüren, statt dessen der zähe Wille, sich nicht einschüchtern zu lassen. Man ging auf in diesem Willen. Der Widerstandsgeist steckte einem bald in den Knochen wie eine ansteckende Krankheit. Schwäche und natürlicher Fluchttrieb verschwanden. Man wollte mitmachen, bei den Fliegern dort oben oder bei der Flugabwehr. Aber es war klar, daß das für einen Holländer nicht ohne weiteres möglich war. Vielleicht konnte man ihn bei der Feuerwehr gebrauchen, später würde er sich dann zur niederländischen Armee melden, um mitzukämpfen. In dieser Nacht, in einer Straße in London, ging sein Klavierhocker in Flammen auf, seine Freiheit nahm die Farbe einer Uniform an, die Linie seines Lebens machte einen Bogen. Ganz ruhig war er; ganz sicher, die richtige Entscheidung zu treffen. Zu Hause schrieb er einen Brief an seinen Vorgesetzten. Sprung in das Dunkel, das vor ihm lag. Und ein Sprung ins Tiefe, ins dunkelgrüne Wasser der Straße von Formosa.

Das Wasser spritzte auf seinen Rücken, die Sonne brannte, der Indische Ozean lag einladend offen vor dem Bug. Weiterfahren? Seine Freundschaft mit Guus war zur Kompaßnadel all seines Tuns und Lassens geworden. Vermißt, schlimmer als tot. Verschwunden, spurlos, in ein paar Quadratmetern Meer. Als ob er auf einer Bühne wäre, hatte sich Guus von der Reling abgestoßen, in einem verwegenen Versuch, die Welt als Spielplatz zu nehmen. Sein eigener Sprung war effektiver gewesen, so weit wie möglich weg von der Schiffswand. Das Fallen spürte er jetzt noch, sekundenlang einem schwarzen wogenden Spiegel entgegen, der unter seinem Gewicht zersplitterte. Ein paar wilde Schläge, ringsum nach Halt suchen, das Floß packen, die Sache einer Minute. Scheinbar einfach, dieses Von-Bord-Gehen, wie aus dem Lehrbuch. Springen, Floß suchen und so schnell wie möglich fort vom Schiff. Die *Bungo Maru* sank schweigend, empört. Schiffe sind Menschen, sind weiblich. Von seinem schwankenden Plankendeck aus rief er Guus' Namen, verfluchte ihn, schrie hemmungslos, in alle Richtungen, immer wieder den Namen. Bis die drei anderen auf dem Floß fanden, daß es genug sei, und ihn beruhigten. Sie trieben ab.

Das Segelboot, aus einer plötzlichen Anwandlung heraus gekauft, hatte er in *Diroha* umgetauft. Es klang wie Swahili, meinte man. Aber es waren einfach die Anfangsbuchstaben seines Vornamens und der Namen seiner Brüder, vor langer Zeit eigenhändig auf das Kanu gemalt, das sie als Kinder besessen hatten und mit dem sie in dem kleinen Hafen ihrer Heimatstadt herumgepaddelt waren. Mit Muriel segelte er, sooft es ging. Aufs Meer, nirgendwohin und wieder zurück. Eine Woche nach ihrem ersten nachmittäglichen Besuch in seiner Bar (»Kneipe hast du gesagt, Muriel, Kneipe!«) war sie wiedergekommen. Die gleiche Zeit, die gleiche Leere, die gleiche Bestellung, eine andere Empfindung. Er nannte es den Earl-Grey-Zwischenfall. Er stellte den Tee auf ihren Tisch, sie stand auf, schaute ihn an. Alles, was er ihr in der Woche davor erzählt hatte, war zwischen ihnen wie die Erinnerung an eine Umarmung. Seine Arme um ihren Leib, ein Kuß auf ihren Mund, sie waren wie in einem Bild gefangen, ihre Hände lagen ineinander, ihr Blick wurde dunkel in der Vertrautheit des Augenblicks. So fremd, so nah; so unsagbar traurig war ihre Umarmung. Er hatte das Gefühl, fortzugleiten in eine Vergangenheit, die er doch verworfen hatte, aber Muriel hielt ihn zurück und sagte: »Mein Tee wird kalt.« Muriel, Wiedergängerin des Motorradmädchens. Der Sternenhimmel über Drenthe, wo sie in der Frühe vor ihm stand und ihn zurückstieß. Ins Abenteuer, den Morgennebel, die Heimfahrt mit dem Schnitt, auf den sein Vater stolz gewesen war. Sein Vater, der Bürgermeister, in seiner Abwesenheit begraben, tot und nicht wieder auferstanden. Nicht auferstanden, um mit ihm über die Kolonialarmee zu sprechen, die Geheimnisse des Überlebens in einem Urwald. Sein energischer Vater, den er aus dem Gewebe seines Lebens entfernt, den er verbannt hatte. Nach dem Abend mit dem Orgelmann hatte er kaum noch mit ihm gesprochen. Mit unverhohlener Bewunderung hatte er zugehört, damals. Das Feuer in den Augen der beiden alten Soldaten, Bajonette in Aceh, Spritzen in Gabun. Das Rätsel, daß er seinen Vater von sich abgeschüttelt hatte. Das Rätsel seiner hartnäckigen Querköpfigkeit. Er suchte nach den Ursachen der Wende in seinem Leben, nach den Wurzeln seiner Unangepaßtheit – und stieß immer wieder auf das Mädchen, das den Blick abwendete.

Segeln mit Muriel, hinter sich Lourenço Marques und das weiße Kasino direkt am Strand, vor sich der klaffende Ozean. Weiter, weiter, nie mehr anlegen. Segel in Reserve, Wasservorrat, Zwieback und Obst, genug für Wochen. Früher würde er nicht gezögert haben, hatte er jedem Impuls nachgeben. Pistole in die Schule mitgenommen, und er schoß. Motorrad aus dem Schuppen geholt, und er raste los. Zug in voller Fahrt, er kroch aufs Dach. Ein Schlag, er schlug zurück. Immer wachsam, jede Gelegenheit ergriffen, nie verlegen, immer der erste in der Gefahr, nie zurückgeblieben, nie abseits gehalten. Die Jahre, in denen er sich endgültig für die Wildnis entschied, wenn er auch nicht ahnte, daß dieser Weg ihn buchstäblich in die Wildnis führen sollte.

Muriel zog die Vorschot an, er die Großschot, Ruder locker in einer Hand, Blick nach oben. Die langsamen Wellen schoben sich unter ihnen durch, flaschengrüne Dünung einer unwirtlichen See.

Guus hatte gar keine Verwandten in Lourenço Marques. Er bildete sich ein, daß Guus diese Stadt erwähnt hatte, oder hatten sie vielleicht nur Städte aufgezählt, die sie irgendwann gern sehen wollten? L. M., wie die amerikanischen Touristen Lourenço Marques abkürzten, L. M. war *wonderful*. Er war sich nicht so sicher. War es wirklich so schön dort? Wenn er Guus nicht fand oder wenigstens Verwandte von ihm, was band ihn dann noch an den Ort? Muriel, ja, aber sie war ebenso heimatlos wie er. Mitte Dreißig, geschieden, keine Kinder.

Ihr Leben richtete sich nach dem, was sich anbot; nicht sklavisch, sie taxierte es mit dem Nicken der Kennerin. Bei ihr keine Spur von Zorn oder Aufsässigkeit, sie hatte sich für ein Leben ohne viel Heimweh entschieden, immer bereit weiterzureisen, wenn es sich so ergab.

Wind und Wasser, und sie beide dazwischen. Der Raum faltete sich um sie herum, es war kein Platz für Zeit, die Stunde erstarrte. Wenn es nur irgendwie ging, fuhren sie hinaus. Segeln, er kannte sich aus, hatte als Kind auf den flachen holländischen Gewässern alles gelernt, es war ihm zur zweiten Natur geworden wie Schlittschuh laufen. Mit raschen Griffen legte er die Leinen zurecht, machte die Segel klar, holte die Fender an Bord und stieß ab. Sie waren in kurzer Zeit ein Team geworden, segelten um ihr Leben. Benommen und langsam um die Mittagszeit, wenn die Sonne sie versengte. Rasant am frühen Morgen, bevor die Hitze kam. Und schweigend beunruhigt, wenn gegen Abend unerwartet Gewitter aufkam. Dieser Sommer war unvergeßlich; abgesehen davon, daß er ohnehin niemals und nichts vergaß. Nicht vergessen zu können ist eine Krankheit, und ihre Symptome hatte er schon so lange. In der Goldmine hatte er kaum sein Heimweh bezwingen können, wenn Yoshua, sein Boy, von seiner Mutter erzählte. Er war dieser Mutter beim Begräbnis des Jungen begegnet, er hatte ihre Hand genommen und an seine Wange gelegt. Sie hatte kein Wort gesagt, ihn gewähren lassen. Yoshua, der für ein paar Monate sein Freund gewesen war und dessen Augen ihn durch den Urwald begleitet hatten. Das Echo seiner letzten Worte in seinen Ohren, der fremde Klang des Todes darin. Diese Mutter. Der Kontrast zu seiner eigenen Mutter hätte größer nicht sein können. Eine Frau, aufgewachsen am Rand der Kalahari-Wüste, und eine Frau, erzogen in einem Haus mit Musiksalon. Aber beide mit einem Sohn, der nicht mehr da war, nie mehr dasein würde. Seine Mutter, die, seit er fortgegangen war, auf Nachricht wartete, auf Briefe, auf ein Telegramm. Der Augenblick, als er fast an Bord der *Oranje* gegangen wäre, um mit ihr nach Holland zu fahren, zu seiner Mutter. Die Gefühle, als er geblieben war und das Schiff verschwand, Gefühle, die er nicht auf ihren Ursprung zurückverfolgen konnte. Ohnmacht, Wut, Erleichterung, immer diese drei.

Die Jahre in Thailand und Japan hatten sein Gedächtnis allmählich ausgehöhlt. Guus war der einzige Zugang zu seiner Vergangenheit. Beim Appell neben ihm zu stehen erschien ihm als Glück, Bandung als hohe Schule der Freundschaft. Die endlosen Tage des Lagers, in dem der europäische Abschaum in Erinnerungen schwelgte.

Während er in Südafrika Gold grub, war Guus also gleichmütig durch die Straßen der Stadt gegangen, in der er studierte. Alles, was er selbst vermieden, manchmal auch verachtet hatte, das hatte Guus getan. Das große Schauspiel des Gentleman-Studenten hatte Guus aufgeführt, als gehöre sich das einfach so, und seine Rolle war die des Clubpräsidenten. Spazierstock, Hut, dreiteiliger Anzug, die Uniform der künftigen Laufbahn. Keine Spur von Verlegenheit, kein falscher oder unsicherer Schritt, makelloser Wortschatz, Weste, Uhrkette. Abende und Nächte verbrachte er im Club, wo seine Autorität unantastbar war. Gebrüll und donnernder Lärm schlugen ihm entgegen, wenn er die zentnerschwere Tür aufdrückte und die Treppen zum schwach erleuchteten Saal hinaufstieg. Von allen Seiten wurde er angesprochen, rief man ihm etwas zu. Sein ständiger Diener hatte ihm einen Stuhl direkt am Kamin freigehalten, in dem immer ein Feuer brannte, Genever und Bier wurden automatisch gebracht. Er rief zwei Jungen etwas zu, die sich würgend an den Krawatten gepackt hatten, und begann seine Nachtwache. Kräftezehrende Monate, die beste Vorbereitung auf das, was später kam.

Aber lieber noch kam er um elf Uhr morgens in den Saal. Sonnenlicht erhellte die eine Hälfte, der Lesetisch, von geöffneten Zeitungen bedeckt, stand im dunklen Teil. Die barbarische Nacht hatte hier und da ihre Spuren in Gestalt von kleinen Häufchen Glasscherben hinterlassen, und es roch nach Bier. Unwirklich still war es, man hörte die eigenen Schritte, der Schanktisch glänzte mit neuen Flaschen und Gläsern. Die Stille, das Gedämpfte. Die Dinge, die im Saal hingen oder lagen, hingen und lagen schon hundert Jahre dort. Die vielarmigen Messingleuchter mit ihrem bleichen Licht, die Trophäen, Fahnen, Gemälde, Reliquien eines geträumten und vergessenen Ruhms. Das alles hielt sich in keinem sehr stabilen Gleichgewicht, hatte aber eine unbestimmbare Grandeur. Niemand rief ihn an einem solchen Morgen, niemand störte ihn in diesem Mausoleum von Optimismus und Erfolg. Ringsum wurden Tischchen fürs Mittagessen gedeckt, die Maschine wieder vorsichtig in Gang gesetzt; die ersten Clubmitglieder trafen schon ein. Guus horchte auf die Geräusche, hörte, wie die Teller hingestellt, Gabeln und Messer sorgfältig dazugelegt wurden; eine dünne Gazeschicht lag über allem, nichts lenkte ihn ab. So fühlte sich Klavierspielen an, Verschwinden in Musik, in einem Meer aus Klang. Präsident eines Klubs, die Äußerlichkeiten eines vornehmen Lebensstils, Guus fand ein oberflächliches Vergnügen daran. Gebahnte Wege oder Musik, am liebsten hätte er sich sowohl für das eine als auch für das andere entschieden. Verankert sein mit einer Uhrkette oder im Schoß eines Komponisten ruhen – beides bitte. Die Monate, die kommen sollten, in einer verdunkelten Stadt, waren noch fern, aber auch nicht allzu fern. Wer die Zeitung auf dem Lesetisch aufmerksam las, hörte ein Echo aus einem Abgrund, ein widerwärtiges Musikstück, Pauken, Trommelwirbel, Donnerschläge. Guus las, Guus horchte. Aber das Nachtleben eines Präsidenten verlangte sein Recht. Verlangte selbstauferlegte Disziplin, die seine Tage unerbittlich formte. Wirt der größten Kneipe des Landes war er, mit den wildesten Nächten in einer Festung aus Selbstvertrauen. Studieren mit dem Brüllen eines Strohfeuers ringsum, mit täuschenden Schatten auf der rohen Wand eines übermütigen Männerclubs; *old boys* einer heranschleichenden Zukunft.

Diese Vormittage am Lesetisch waren Landmarken in Guus' Gedächtnis, Landmarken des Glücks und des Unbehagens. Des Glücks wegen der Tage uneingeschränkter Freiheit und sorglosen Vergnügens. Des Unbehagens wegen der Dinge, die sich zusammenbrauten, der Veränderungen. Aber man sprach nicht viel davon. Davon, daß die Juden fliehen mußten, daß in Deutschland nur noch ein einziger Mund sprach, nur noch ein einziger Arm. Der Rausch des Terrors, die Jahre des abgründigen Schweigens.

Der Lesetisch log nicht. Auch wenn Guus mit seinen Freunden nicht viel über all das sprach, es stapelte sich in ihm auf. Er ignorierte es, aber unter Weste und Uhrkette spürte er, wie es drängte, spürte die Bedrohung. Er bereitete sich vor, studierte, wollte nicht an ein Fortgehen denken. Die Annehmlichkeiten seines Studentenlebens, das Wohltuende der Freundschaften, die harmlosen Bräuche, die vollkommene Harmonie mit seinem Vater: das war sein Schutz.

Den verließ er nur, wenn er Klavier spielte. Er übte viel, manchmal stundenlang, wenn seine Mitbewohner ihre Vorlesungen hatten und es still im Haus war. Der alte Flügel, den er von seiner Mutter geerbt hatte, füllte fast das ganze Zimmer, die Frühstückssachen standen meistens auf dem Deckel, ein kleiner Schreibtisch berührte die Seitenwand. Was an Platz übrigblieb, stopfte er voll mit kleinen Bildern, Antiquitäten, Kuriosa. Auf dem Boden lag ein dunkelroter Knüpfteppich, gesäumt von Bücherstapeln. Er hatte Aussicht auf eine Gracht, das Universitätsgebäude, die Kneipe, in die man nach bestandenem Examen ging. Auf die Uhr, die schon seit Jahrhunderten über der Gracht die Stunden schlug, über den Köpfen mit den Baretten, den schlurfenden Talaren. Aussicht auf das leere Denken ohne Leidenschaft, kluge Köpfe, die nichts sahen, Stirnen, die die Zukunft zu gelehrten Manuskripten verrunzelten. Manchmal haßte er diese Welt bornierter Wissenschaft. Niemand rief um Hilfe, niemand schlug Alarm, bis in die hintersten Winkel ihrer Bibliotheken blieben sie still, unwissend, dumm. Und inzwischen hatte es überall angefangen, fuhren in Italien die Züge pünktlich und marschierte in Deutschland die SA.

Er spielte Klavier, um sowenig wie möglich zu hören und soviel wie möglich zu fühlen. Die Pläne für seine Übersiedlung nahmen langsam, aber sicher Gestalt an, er würde fortgehen, bevor die Seifenblase platzte. Alle Nächte im Geschrei seiner Kommilitonen, alle Vormittage in dem stillen Saal, alle Stunden am Klavier: Was herauskam, wenn man Bilanz zog, war ein Gewinn, und, unerklärlich, ein ebenso großes Defizit. Er wollte fort.

Er bestand sein Examen am Tag des Münchener Abkommens, des »Friedens« von München – der Verfall des Wortes Frieden. Unsagbares Leid zog herauf, ein Sturm von Verrat. München, man sieht ihn die Stadt verlassen, sieht ihn in London ankommen, die Gangway herabsteigen, den Triumph im Knopfloch, Eitelkeit wie ein Einstecktuch in der Brusttasche. Er hatte Europa auf seinen Blindenstock gespießt: Chamberlain, Premier aller Briten und Rechtschaffenen, gekleidet wie Guus' Vater in seiner Glanzzeit.

Der Spätsommer hatte feinmaschigen Sonnenschein gebracht. An der Gracht war es wie ausgestorben um vier Uhr nachmittags. 29. September 1938, seine letzten Stunden als Student. Sein Vater war dabei, natürlich. Sie hatten die Kneipe gestürmt, offenbar war er einer der ersten seines Jahrgangs, die das Examen hinter sich hatten. Die Rituale des Abschieds nach den ungeschriebenen Regeln der Privilegierten, den Gesetzen eingebildeter Solidarität; auf Schultern gehoben, hoch über dem Boden, furchtlos, schrieb er im Universitätsgebäude seinen Namen auf eine Wand. Nie mehr allein, nie mehr ohne Titel, überall willkommen.

»Guus!« – sein Vater saß in der Nähe des Billardtischs, der mit Brettern abgedeckt war. Die Aufregung des Examensumtrunks war vorbei. Abends würden sie alle wieder zusammenkommen, der große Saal im Club würde blau sein vom Rauch; wenn ein Ex-Präsident seinen Abschied nahm, ging einiges zu Bruch, schaukelte man an den Lampen, mußten nachher Möbel ersetzt werden. Vielleicht würde jemand zu Pferd die Treppe heraufkommen; nicht unwahrscheinlich, daß man große Portionen Lärm bestellte, daß stapelweise Geschirr vom ersten Stock in die Tiefe segeln würde. Und er, Guus, würde auf dem Lesetisch stehen und wie eine Walze durch den Saal geschoben werden. Kranz um den Hals, Kragen gelöst, Jackett eingerissen; das Knallen der Sektkorken mußte man bis nach München hören. Zu Pferd, Attacke, der Frieden ist ein altes Weib. »Chamberlain, Dilettant« würden sie skandieren. Der zügellose Mut des Bierrauschs, Gelalle der Hoffnungslosigkeit.

»Guus!« Sein Vater winkte ihm zu und zog einen Stuhl für ihn heran. Die Kneipe lag am Rand des Lichts, die tiefstehende Sonne beschien die Gracht. Sie schwiegen viel. Begannen Sätze, die gleich wieder zerbröckelten. Guus und sein Vater, sie saßen einfach nur da und ließen die Dämmerung herankommen. Wie sie es zu Hause so oft getan hatten, in ihrem großen Haus an der IJssel. Aber wenn ihr Gespräch auch oft stockte, wenn, was sie sagten, kurz und unausgeformt war, für keinen von beiden brauchte es viel, um sich in Gegenwart des anderen zu Hause zu fühlen.

»Die Dohle ist wieder da« – Bericht von der Front seines Vaters. Dahinter lag alles, was Guus lieb und teuer war. Ihr Grundstück, der Wald, der an ihr Haus De Kolkhof grenzte, die riesige Trauerbuche beim Kutschenhaus. Wie oft war sein Vater mit einem Reh auf dem Fahrradlenker nach Hause gekommen, mit Enten oder Tauben in Taschen am Gepäckträger. Er half ihm beim Rupfen der geschossenen Vögel, in der Küche, in der das Wasser noch mit einer Pumpe aus dem Boden geholt wurde. Der weiche Flaum an kurzen Federkielen, die Federn sträubten sich noch, wenn man sie aus dem Vogel zog; die geriffelte Taubenhaut unter den Fingern, der zerbrechliche Hals. Sein Vater war ein ausgezeichneter Jäger, als Kind war Guus schon mit ihm auf den Hochsitz geklettert. Stundenlanges Warten am Abend, ohne sich zu bewegen. Und nicht an den Augenblick des Schusses, sondern an den rätselhaften Wald mit den Geräuschen unsichtbarer Tiere erinnerte er sich gern. Wenn er dann schließlich vor ihnen stand, der alte Bock, am Ende seines Lebens angekommen, in der Verlängerung des schimmernden Gewehrlaufs: Nie verfehlte der Schuß das Ziel.

»Ich wußte gar nicht, daß sie weg war.« Er hatte das Tier vor Jahren selbst gezähmt. Der Vogel saß auf seiner Schulter, wenn er im Tümpel fischte. Die Idylle war für ihn normal, er kannte es nicht anders. Leben auf eigenem Land, mit Jagdrecht, Hunden, die meistens auf der Schwelle der Waschküche lagen. Nirgends hatte sein Flügel so schön geklungen wie in seinem Zimmer zu Hause. Die hohen Wände dämpften den Klang und rundeten ihn ab.

Er sagte seinem Vater, daß er nicht mehr lange in den Niederlanden bleiben würde.

»Ich möchte nach England, ich bewerbe mich bei Shell.«

»Du wirst den Flügel wohl hierlassen müssen, fürchte ich.« Raschere Zustimmung war nicht möglich. Sein

Vater verstand, unterstützte sein Vorhaben, lebte zu nah an Deutschland, um die Gefahr nicht zu erkennen. Die Kneipe füllte sich allmählich wieder; nachdem die Studenten verschwunden waren, nahmen Stammgäste von ihr Besitz. Man nahm die Bretter vom Billardtisch, holte Queues aus ihren Hüllen, kommentierte Karambolagen. Manchmal mußten sie ihre Köpfe zurückziehen, damit ein Spieler genug Platz für seinen Stoß hatte. So wurden sie in den Alltag aufgenommen, vereint an einem Tischchen mit Bierdeckeln unter den Beinen. Beide am glücklichsten, wenn sie durch ihre Flußauen gingen, mit dem geöffneten Gewehr unterm Arm und den Hunden vor ihnen, im Duft des frischen Heus; beide davon überzeugt, daß sie das sehr lange Zeit nicht mehr erleben würden.

Heuwagen auf der Straße vor ihrem Haus, Männer mit Sensen, das Rattern von Mähmaschinen. Sommer an der IJssel, manchmal in einer Jolle langsam mit dem Strom zur Stadt. Es war sein letzter Sommer zu Hause gewesen, er hatte an einem langen Aufsatz geschrieben und sich auf seinen Abschluß vorbereitet. In dem Haus in der Stadt, in dem nur Studenten wohnten, war es zu laut, die Abende waren zu lang, er kam dort einfach nicht zum Schreiben. Wochen mit seinem Vater, wie es sie nie zuvor gegeben hatte. Seine Mutter war vor langer Zeit gestorben, er hatte nicht viele Erinnerungsbilder von ihr. Aber er litt nicht darunter, er war daran gewöhnt, beim Nachhausekommen nur seinen Vater anzutreffen.

In diesem Sommer studierte er am Schreibtisch seines Vaters, im Zimmer seiner Jugend, dem Raum, von dem er in Bandung sprechen sollte, als wäre es das Zimmer aller Zimmer. Seines Vaters Reich, in dem jeder Gegenstand ein unzerstörbares Leben hatte. Da gab es einen eingebauten offenen Gewehrschrank, mit einer Büchse für die Elstern, einem doppelläufigen Schrotgewehr für Fasane und Enten, einer schwereren Büchse für Reh und Hirsch. Daneben ein Spazierstock mit einer besonderen Raffinesse, einer darin versteckten Angel. Einer Wildererangel. Als Kind hatte er den Stock so oft in die Hand genommen, den unpolierten Messingknauf abgeschraubt und die Angel herausgleiten lassen. Und natürlich schnell wieder zurück, bevor der Förster einen damit sah.

Dunkelgrüne Tapete, dunkelgrüne Veloursvorhänge, kleine Rehgeweihe, jedes an einem Brettchen befestigt, auf dem die dazugehörige Jahreszahl stand. Ein Voerman an der Wand, ein Bücherschrank, der die Tür umrahmte. Lockenten, Patronenschachteln, ein Hundekorb, eine friesische Wanduhr, Stühle und Tische mit dem Glanz des neunzehnten Jahrhunderts. Das Zimmer eines Jägers, der Raum, in dem er in den letzten Wochen vor seinem Examen geschrieben hatte. Sein Vater hatte ihn mit den Worten »da hast du am meisten Ruhe« an ihn abgetreten – ein Ausdruck höchster Zuneigung. Wie in der Höhlung einer Hand hatte Guus dort gearbeitet. Aufgenommen in eine Welt, die für ihn von mehr Wärme erfüllt war als jede andere. Manchmal legte er einen Arm angewinkelt auf den Schreibtisch, bettete den Kopf darauf und schlief zehn Minuten, nicht länger. Die unbeschreibliche Ruhe, wenn er dann aufwachte und den Kopf hob, auf eine unerklärliche Weise zufrieden, dort zu sein, seinen Vater zu hören, der die Hunde trainierte oder an der Straße mit jemandem sprach.

Auch die Gracht lag jetzt im Dunkeln. Die Billardspieler schlichen um ihren Tisch und verneigten sich wie Untertanen vor einem Kaiser. Ihre Augen lauerten auf Chancen, ein trockener Schlag in den Nacken des Elfenbeins, und die Kugel rollte zurück. Guus stand auf und holte an der Theke neue Getränke. Er hob sein Glas und trank seinem Vater zu: Morgen wird es anders sein. Schweigen, ein Blick, zwei Münder, die tranken. Die Augenblicke, in denen sich so vieles zusammenballt, wie erkennt man sie, wie erlebt man sie, wie verschwindet alles wieder, wo ist man dann. Das Ende der Zukunft, eine verstummte Vergangenheit, keine Träume mehr. Wie war das zu begreifen, Sekunden der Schwerelosigkeit, alles unersetzbar, unwiederholbar. Guus und sein Vater, sie schauten. Es stürmte einen Moment, lautlos wehte der Wind über ihren Fluß, die Trauerbuche zitterte, eine Tür schlug zu. Ein Tag, ein Abend: nicht festzuhalten, Stufen zur Ewigkeit. Sonst nichts, sonst niemand. Sprechende Blicke, zwei gehobene Gläser, dazwischen alles. Wie in der Höhlung einer Hand.

»Wohin gehst du?«

»London.«

»Wann?«

»In ein paar Monaten, spätestens.«

»Miete dir ein Klavier.«

Zwischen Öl und Musik, Shell und Chopin.

»Ich begleite dich zum Schiff, von wo fährst du?«

»Hoek van Holland.«

Jetzt lieber nichts mehr. Jetzt nur noch der Abend, das Geschrei um nichts.

»Kommst du heute abend auch?«

»Nein, mein Zug fährt um neun Uhr, den möchte ich nicht verpassen. Die Hunde sind allein.«

5

Muriel fragte, woran er denke. An nichts, an alles. An Guus' Verschwinden. An den Sprung, der sich im Rückblick als der Wendepunkt in seinem Leben und Überleben erwiesen hatte. Die Bandung-Monate, die unmeßbaren Tage, an denen sie vom Japs belauert, getreten und gedrillt wurden. Aber großartig waren sie gewesen. Eine Folge von Bildern, ausgelöst durch die Fahrt auf den Wellen des Ozeans, zog an seinem geistigen Auge vorbei, all die Kleinigkeiten, die ihren Bund ausgemacht hatten. Ein unversiegbarer Strom von Geschichten, die Guus ihm erzählt hatte. Muriel hörte zu, behielt dabei die Segel im Auge, bereit zum Wenden, bereit, über Stag zu gehen, bereit, im Notfall den Anker auszuwerfen.

Aber er konnte nicht mehr, er wollte nicht mehr. Lourenço Marques war eine leere Stadt, seine American Bar nur im Sommer besucht. Die Saison war vorbei, die Touristen reisten ab, nach Amerika. Jeden Nachmittag wartete er auf Gäste, die nicht kamen, den ganzen Winter über; ziellose Abende. Ein Arzt, zu dem er gegangen war, hatte nichts gefunden. Die unklare, dumpfe Empfindung, die ihn an den Hunger in Thailand erinnerte, dieses Gefühl, ausgehöhlt zu werden, konnte er dem Arzt nicht beschreiben. Alles erlitten und ertragen, Minen, Hitze, Stockschläge, und ausgerechnet hier fühlte er sich nun krank, matt, aufgelöst! Mit Muriel zu sprechen half zwar, aber nicht genug. In ihren Armen träumte er, daß er fort sei, wieder auf Java, wieder in Holland. Lange dauerte es nicht. Die Nacht milderte seine Niedergeschlagenheit ein wenig, aber das reichte nicht. Wie sollte er Muriel sagen, daß er Lourenço Marques verlassen würde – und sie? Schon seit Wochen wartete er auf den geeigneten Moment. Der kam nicht, die Monate vergingen mit langem Schweigen.

»Wann gehst du fort?« fragte sie schließlich.

Er hatte gerade die Großschot festgemacht und blickte sich nach dem Hafen in der Ferne um.

Er hatte den Motor laufen lassen, während seine Hand auf der Schulter des Mädchens lag. Im Hintergrund vage Umrisse von Bauernhöfen, über das Land verteilt. Details ihrer Kleider, die Farbe ihrer Haustür, ein Hund, der angelaufen kam und bellte. Der kurze Wortwechsel, sein Unverständnis und ihre entschiedene Zurückweisung. Die Kälte ihrer Wange, die er kurz berührte, ihre Augen mit den dunklen Brauen. Porträt eines verlorenen Lebens, seines Lebens.

»Ohne mich hast du eine Zukunft. Mit mir nur eine Vergangenheit, Krankheit, Unruhe«, sagte er, ohne Muriel anzusehen. Der Frühlingswind erprobte die Segel, Wasser schlug hoch gegen die Bordwand, sie mußten sich anstrengen.

»Ich will die Bar verkaufen und sehen, ob sich in Johannesburg wieder eine Möglichkeit für mich ergibt.« Die Rückfahrt, Segel gerefft, alles eingeholt. »Besser, du kommst nicht mit, vielleicht besuche ich dich ab und zu. Wir bleiben doch in Verbindung, nicht wahr, Muriel?«

Sie nickte, schaute hinauf, sagte nichts. Es gab keine Worte für diesen Abschied, auf den sie sich schon seit einiger Zeit einzustellen versuchte. Gegen das, was seinen Leib aushöhlte, konnte man nicht ankämpfen, gegen seine Erinnerungen war kein Kraut gewachsen. Sie hatte kein Gegengift, keine Lösung, nicht so viel Mut, daß er für beide gereicht hätte. Sie würde sich schon durchschlagen.

Johannesburg, Joburg. Furchtbare Stadt, gepeinigt von Arbeitslosigkeit. Stadtviertel voller Armut, hohe Wohnblocks ohne Farbe, verwahrlost, trostlose Wüstenei. Schwarze Geisterstädte unter der Diktatur von Minengesellschaften. Seit er fortgegangen war, vor acht Jahren, war Johannesburg zur »Hölle des Nordens« geworden. Er wußte nicht, wohin. Sein alter Bezirk war aus den Fugen geraten und ohne Zentrum. Die Goldmine, in der er gearbeitet hatte, war von Townships umbrandet. Aller Glanz war verschwunden. Wenn in diesem Land überhaupt irgendwo Gold glänzte, dann jedenfalls nicht hier.

Mitleidig schaute das Mädchen in der Zentrale ihn an. Vor acht Jahren hier gearbeitet? Als spräche er von der Eiszeit. Auf eine Stelle kamen zehn Bewerber, er hatte nicht die kleinste Chance. Der Krieg schien sich weiterbewegt zu haben und in den Außenbezirken von Joburg angekommen zu sein. Schweigend ging er hinaus, zerknüllte die Arbeitsbescheinigung, die er extra mitgebracht hatte, und warf sie fort. Er ging durch das Tor, an dem Yoshua jeden Morgen gestanden hatte. Irgendwo in dem Meer von Wellblechhütten dort hinten wohnte vermutlich Yoshuas Mutter; ob sein Vater wohl noch manchmal nach Hause kam? Immer auf Reisen, Söldner des Horizonts. Bei der kurzen Begräbnisfeier hatte er ein par Worte über Yoshua gesagt, über die Monate, in denen sie gemeinsam unter Tage gearbeitet hatten. Die Mutter war eine gläubige Frau, ganz in den Willen des Allerhöchsten ergeben. Kein Spatz fällt vom Dach, ohne daß Er es will, keines Menschen Tod ist sinnlos, auch Yoshuas nicht. An sinnlosem Sterben hatte bald darauf kein Mangel mehr geherrscht. Große Portionen Lärm, Zerstörung ohne Ende. Chamberlain, Dilettant. Hoppla, sinnschwer taumeln die Millionen ins Grab.

Yoshuas Mutter hatte am Grab gesungen. Bantu-Psalmen, leidenschaftlich, herzzerreißend beinah. Die Liebe, die gequälte Musik, die Mutter, die sich selbst überzeugte. So hatte die Frau auf dem Kai von Durban der *Félix Roussel* das Willkommen gesungen, dem Schiff seiner Rückkehr und endgültigen Entwurzelung. Wie sie damals von Bord gegangen waren, ein Lavastrom der Gefühle und Umarmungen, ein überwältigendes Wiedersehen; es fröstelte ihn, als er all die Soldatenfrauen und -kinder sah, die weinten vor Glück, die es noch nicht glauben konnten. Er stolperte nach Südafrika hinein, mit einem Seesack, einem Koffer und unbestimmten Plänen.

Yoshua und seine Mutter, seine funkensprühenden Schuhe in dem dunklen Stollen vor so vielen Jahren. Yoshua, sein Gehilfe, sein kleiner Lampenträger. Wie sie da tagaus, tagein den Förderkorb betraten, fünfzehnhundert Meter in die Tiefe sausten. Yoshua, der als erster die Tür öffnete, vor ihm herging, wach und fröhlich. Auf sein Grab hatte er Blumen gelegt, zusammen mit der Streichholzschachtel, die Yoshuas Hand umklammert hatte. »Nie die Streichhölzer verlieren, Boy!« – »Nie nicht, Boß.« Wieselflink und doch zu langsam für eine dumme Explosion, ausgelöst durch den Atem des Ewigen? Seine Mutter sang, aber nicht mit geballter Faust, sie weinte, aber es war keine Anklage.

Das Büromädchen in der Zentrale konnte das nicht wissen, als sie ihn so fortgehen sah, konnte nicht wissen, wer da ging, und wie lange schon. Im Grunde war es auch ein irrsinniger Gedanke gewesen, seine frühere Arbeit wiederaufzunehmen. Schon den Geruch dieses Büros hatte er kaum ertragen. Überall, noch in der Verwaltung, roch es nach Mine, nach Unzufriedenheit, nach muffigem Dunkel. Widerwille vermischt mit Melancholie; grimmige Einsamkeit kündigte sich an. Joburg war eine uneinnehmbare Festung geworden. Er behalf sich mit Gelegenheitsarbeiten, immer nur für einen, höchstens zwei Monate. Bei Muriel meldete er sich noch manchmal, bis sie nicht mehr auf seine Briefe reagierte. Kontakt mit Holland hatte er selten. Seine Mutter schrieb ihm Briefe, die er sporadisch beantwortete, seine Brüder schickten sein Schweigen zurück.

Seine Versuche, Guus aufzuspüren, verliefen im Sande. Bei den zuständigen Instanzen war er als »vermißt« gemeldet, »1944, Straße von Formosa«. Hartnäckig las er vermißt als überfällig, vorübergehend verschollen, noch nicht zurückgekehrt. Es waren Fälle von Männern bekannt, die nach Jahren wiederaufgetaucht waren. Irgendwo im Inneren Thailands oder Birmas oder Japans hängengeblieben, in einem Dorf, einer Frau begegnet, und aus diesen Gründen bis auf weiteres unauffindbar. Soldaten, die lange nach Kriegsende aus dem Urwald kamen und nicht wußten, ob der Krieg überhaupt zu Ende war! Aber Guus? Angespült, wieder gefangengenommen, in ein Lazarett gebracht, befreit? Er hätte sich doch gemeldet, ganz sicher hätte er sich gemeldet. Eine einheimische Frau – er hielt das in Guus' Fall für wenig wahrscheinlich. Sie hatten sich zwar auch von Frauen erzählt, aber diese Geschichten hatten keine große Rolle gespielt. Über das Motorradmädchen hatte er geschwiegen, und Fragen zu seiner Mutter war er ausgewichen. In Bandung, wo er ständig davon geträumt hatte, fortzugehen, nach Hause, zumindest weg von Java. Tanzen im »Shanghai Dream«, solange es noch ging, mit Mädchen, die von überall her in die Stadt geflohen waren. Das war, bevor er Guus kannte, kurz vor dem Fall Ostindiens. Dieses seltsame Bandung in der für uneinnehmbar gehaltenen Preanger-Hochebene; vollgestopft mit Flüchtlingen, trieb es steuerlos in einem Pfuhl von Gerüchten. Die Japse waren überall auf Java gelandet und trieben die niederländischen Truppen vor sich her. Kämpfe gab es kaum. Er wußte nicht einmal, ob Guus überhaupt je einen Schuß abgegeben hatte. Er selbst jedenfalls nicht. Man konnte nur abwarten oder in kleinen Gruppen über die Hochebene patrouillieren. Als Feldwebel in einem motorisierten Bataillon hatte er ein Motorrad mit Beiwagen. Die warme Luft streifte seine Wangen, schon früh am Morgen hing Dampf über den Reisfeldern. Auf dem Motorrad empfand er die Anspannung weniger stark, erlebte er eine Art von Freiheit. Sinnlose Freiheit, der Zusammenbruch war greifbar nah.

Guus' Einheit erreichte die Stadt, wie er später erzählte, an einem der letzten Tage. Von Batavia in Marsch gesetzt, um in der Scheinwelt von Bandung zu landen. Wo man auf Festen im Kasino tanzte, wo die Restaurants brechend voll waren. Wenn er nur wieder in London, wenn es nur wieder September 1940 gewesen wäre, in der belagerten Stadt, mit Bomben belegt, von Bomben angesprungen. Ohne die Untergangsstimmung von Bandung, wo die Bands wie auf der Titanic spielten. Wochenlang, Nacht für Nacht, waren die Heinkels gekommen und hatten ihre Feuerbänder durchs Zentrum und über die Hafenanlagen gelegt. »Wir werden an den Küsten kämpfen, wir werden auf den Landungsplätzen kämpfen, wir werden auf den Feldern und in den Straßen kämpfen, wir werden auf den Hügeln kämpfen; wir werden uns niemals ergeben.« Churchill hatte es ihnen eingehämmert, hatte sie weitergetrieben, sie aufrecht gehalten, wo sie sich fallenlassen wollten; Wort um Wort, Zahn um Zahn. Niemand gab auf, niemand schlief, wenn er wach sein sollte. Guus hatte sein Teil beitragen wollen, bei der RAF. »Niemals in der Geschichte menschlicher Konflikte haben so viele so wenigen so viel zu verdanken gehabt« – er wollte zu den wenigen gehören; in eine Spitfire und drauflos. Aber er kam nicht durchs Auswahlverfahren, einen ungeschulten Holländer nahm man lieber nicht. So meldete er sich zur Feuerwehr, einer Armee, die nicht als solche galt. Generäle der Nacht, Oberste des Löschwassers, Soldaten mit Spritzen, Schläuchen und Schaftstiefeln. Niemals haben so wenige so viele Brände gelöscht, so viele Menschen aus Schutt befreit, getröstet, gerettet. Tagsüber schlief er, nachts hetzten sie durch das verdunkelte London zum letzten Einschlag. Da stand er dann mit einem Schlauch in der Hand, aber nicht mehr auf einem Lesetisch, um durchgedrehte Studenten aus dem Club zu spritzen. Mitten in der Nacht mit Helm und schweren Handschuhen vor Feuerwänden. Sie peitschten sich gegenseitig an, jede Nacht ging es schneller, das Ausrollen der Schläuche, das Befestigen an den Hydranten. Die beste Position wählen, Risiken vermindern, Zeitbomben lokalisieren. Seite an Seite mit den Männern aus den Ambulanzen, verwegen, in höllischem Tempo, wortlos.

Und manchmal, »off duty«, ging er zur Curzon Street, Heywood Hill, zu einem tapferen Buchhändler. Ein kleines Kloster voller Bücher auf antiken Tischchen, ein paar stille Menschen, die lasen und schrieben. Totgeglaubte Welt, eine Grotte, die das Meer nicht erreichte, eine Fata Morgana. Ein paar Stufen hinauf, durch die Ladentür, und er war in De Kolkhof, so kam es ihm vor. Sogar einen Hund gab es, der auf der Schwelle lag und über den man stolpern konnte, wenn man wollte. Zerbrechlich wie Pergament, dieses Reich von Lesezeichen, es flüsterte um einen herum. Himmel, hier wurde tatsächlich gelesen und studiert! Nur einen Steinwurf weiter ging so vieles zugrunde, Häuser, Menschen, Tiere; gewiß, aber man darf nichts übertreiben, wir machen weiter, womit wir angefangen haben. Ein Buchhändler handelt mit Büchern. Heywood Hill's Bookshop war offenbar ein Geheimtip für Süchtige, er sah dort immer dieselben Leute. Man gab Bestellungen auf, holte Bücher ab, suchte in Regalen und hohen Stapeln, die mühsam ihr Gleichgewicht bewahrten. Eine Geheimgesellschaft war es, die sich im Dämmerlicht dieses Ladens versammelte. Heywood Hill, das letzte noch unversehrte Refugium der Phantasie. Vorsichtig ging er an den Büchern entlang, war sich jedes Schritts, jeder Bewegung bewußt. Nahm einen Roman in die Hand, blätterte, sog den Papiergeruch ein. So roch Papier, das war wie früher. Die Bücherschränke seines Vaters rochen so, die Regale in der Universitätsbibliothek; es war der ungebührliche

Geruch freier Zeit. Das alles war so weit weg, auch alle Menschen, die er kannte und die ihm etwas bedeuteten, so unendlich klein und eingeschlossen in Räume der Vergangenheit. In seinem Leben war nur Platz für Luftalarm, Schnelligkeit – Brand unter Kontrolle. Außer, wenn er zwischen den Büchern schlafwandelte, wo man vom Krieg nichts spürte. Leuchtende Augenblicke in der Curzon Street.

Nein, Bandung war die Zersetzung, dort tobten gestorbene Hoffnungen sich noch einmal aus, als wären sie lebendig. Nichts lieber wollte man als sich hingeben, nichts lieber als auf der Stelle treten. Die Titanic, die Henkersmahlzeit, die Tage des Vabanque. Guus konnte diese Apathie kaum ertragen und hoffte noch auf Widerstand. Jetzt den Dingen nicht ihren Lauf lassen, jetzt nicht kapitulieren – um Gottes willen, Truppen zusammenziehen, umgruppieren, Verteidigung, oder noch besser Angriff. Aber sein schlichter Enthusiasmus stieß auf Müdigkeit und Zynismus und Angst.

Er war dabeigewesen, als der Generalgouverneur von Ostindien, zurückgekehrt von den Kapitulationsverhandlungen mit den Japsen eine Tagereise entfernt, aus seinem Auto stieg. Ein Mann aus einem Buch, eine Figur aus einem Theaterstück. Aristokrat bis zum Tod, furchtlos, ungebrochen. In England sah man sie scharenweise, nach der Schablone einer bestimmten Erziehung gefertigt, er konnte seinen Vater darin erkennen. Die letzten Mohikaner vor dem Ausverkauf ihrer kleinen

Weltreiche, vor dem Untergang ihrer Oasen der guten Manieren. Guus hatte gesehen, wie der Generalgouverneur sein Haus betrat, ein wandelnder Marmorblock, seine Diener verneigten sich wie bei einer Wajang-Zeremonie. Es war drei Uhr in der Nacht, 9. März 1942, Niederländisch-Indien hatte aufgehört zu existieren. Guus gehörte zu der kleinen Gruppe, die Mei Ling bewachte, das große Landhaus am Rand von Bandung, in dem der Gouverneur wohnte, seit er Buitenzorg verlassen hatte. Mei Ling mit seinem runden Turm hätte auch gut ein Hotel sein können, wie überhaupt alles in dieser Gegend an Urlaub erinnerte. Die Hitze hing zwischen den Bäumen, auch nachts. Guus konnte sich nur schwer daran gewöhnen. Das stundenlange Wachehalten, Starren ins Nichts, Horchen ins Nichts, es war kein Vergnügen. In der Stadt wurde gesungen, Offiziere im Smoking tranken Whisky in ihren Clubs, ihre Frauen ließen Kristalljuwelen klirren – soviel Unechtes, soviel Sand in den Augen, soviel Betrug. Guus dachte an London, dachte, daß dort schon seit zwei Monaten Schnee lag, wie das Radio berichtete. Was auch geschehen mochte, der Wetterbericht blieb. Das Wetter in Europa, Schnee in London – von diesen ganz alltäglichen Dingen zu hören löste schon Sehnsucht aus. Gänseflug über der IJssel, in nicht befohlener Formation, sie drehten ab, verschwanden im Abendhimmel. Oder eine Gracht, von der roten Sonne beschienen, Schatten, die bis in die Kneipen reichten. Von seinem Vater hatte er nichts mehr gehört, die besetzten Niederlande waren hermetisch abgeriegelt. Wo er wohnte, wurde viel bombardiert, möglicherweise war De Kolkhof ein Ziel. Guus machte sich wenig Illusionen. Bestimmt hatten die Moffen seinen Vater vor die Tür gesetzt. Seine Gewehre würde er wohl vergraben haben, seine Angeln verliehen. »Was wirst du tun?« hatte er seinen Vater beim Abschied gefragt. »Meine Jagdberechtigung verlängern«, hatte er lachend geantwortet, »dann darf ich wenigstens zurückschießen.« Zu alt, um fortzugehen, zu jung, um nichts zu tun, aber er würde schon weitersehen, er würde zweifellos weitersehen. Sein Haus, seine Pächter, er wollte alles bewahren, solange es möglich war. »Aber vielleicht behält Chamberlain ja recht, und wir haben noch einmal Schwein, Guus.«

In der Nacht um Mei Ling war er nur einen Pulsschlag entfernt vom Fall Ostindiens, und trotzdem dachte er an Schnee in London, in der Curzon Street, Schnee auf seiner Feuerwache nahe Hyde Park, auf all den kahlgebombten Stücken Stadt. Straßen, durch die er auf einem roten Wagen gerast war und die einen Tag später unbefahrbar gewesen waren. Das Straßennetz hatte sich jede Nacht, hatte sich stündlich verändert, ein unsichtbarer Kartograph hatte die Routen verlegt und sie durch die Einöde gelotst. Wenn er doch nur dort wäre und nicht hier, summte es in seinem Kopf. Die feuchte Hitze, der man nicht entkam, das monotone Schleifen der Grillen, das Knirschen und Pfeifen der gleichgültigen Natur ringsum versetzten ihn zum ersten Mal in eine düstere, besorgte Stimmung. Von England nach Niederländisch-Indien, freiwillig zur Kolonialarmee, den Feind aufhalten, diesmal führte sein zielbewußtes Handeln zu nichts. Doch, in die Arme der Japse, die schützenden Arme Nippons, zu Malaria und Typhus, in Lager und Urwald. Es war vorbei. Bandung fiel, kampflos, widerstandslos. »Und wenn ihr in den Schützengräben liegt und die Angst euch packt, dann denkt daran, daß Gott neben euch im Schlamm liegt«, hatte der Feldgeistliche kurz zuvor noch gesagt. Schützengräben? Schlamm? Er wußte offenbar nicht, daß der Erste Weltkrieg vorbei war und daß von Kämpfen keine Rede sein konnte. Erst viel später sollte der Schlamm kommen, in einem anderen Land, unter der unheilvollen Sonne von Thailand, dem Land ohne Gott.

»Name, Dienstrang, Einheit – Geburtsdatum, Adresse, Heimatland« – kurze Fragen stellte der Japs, und wenig später waren sie schon zum Appell angetreten, in der Schlachtordnung der Besiegten. Fußvolk im wahrsten Sinne des Wortes. Stehen, herumlungern, schlendern, schlurfen, stehen, herumlungern, schlendern, schlurfen, holpriger Rhythmus eines Lagertages. Bandung, o Bandung. Der Krieg holte sie doch noch ein, Schritt für Schritt, um nun in ihnen selbst zu wüten; kroch herauf, setzte sich erst im Kreuz fest, dann weiter oben im Rücken, stürzte sich auf Schultern und Nacken. Appell, in der Sonne, die auf sie eintrommelte, Hitzetrichter, Mörder.

6

Johannesburg hatte keine Ähnlichkeit mehr mit dem Ort, an dem das große Abenteuer begonnen hatte. Ha, soldier of fortune, Soldat des Glücks, Soldat des Reichtums, Soldat des Schicksals, ganz nach Belieben. Soldat vielleicht, aber Glück und Reichtum waren zurückgeblieben und außer Sicht geraten. Soldat des Schicksals, des Verhängnisses, der Notlagen, der vielen Notbehelfe zumindest. Als er auf dem Zug gelegen hatte, gerade einmal sechzehn war er da gewesen, hatte er schon gewußt, daß er eine andere Richtung einschlagen wollte. Seltsamer Drang, das Abteilfenster herunterzukurbeln und hinauszuklettern. Aufregende Freiheit auf dem Dach eines Waggons, der das Weideland durchschnitt. Wild hochstehendes Haar, tränende Augen, aber sein Körper war leicht. Das enge, genau abgemessene Land, Hecken, soweit das Auge sah, kleine Dörfer und Kirchtürme an einem geschlossenen Horizont. Dort konnte er doch nicht bleiben? Unter ihm war das Rufen seiner Mitreisenden zu hören, Gelächter, sie winkten durchs Abteilfenster zu ihm hinauf.

Die anderen.

Ein Arzt, zu dem er ging, konnte nichts finden, wie in Lourenço Marques. Aber er wußte, daß da etwas war, das Hohle in ihm wuchs weiter, eine nie gekannte Lustlosigkeit hatte von ihm Besitz ergriffen. Nein, alles in Ordnung, Einbildung. Vielleicht stecke ihm ja der Krieg noch ein bißchen in den Knochen? Die Trennung von Familie und Freunden vielleicht? Geschwätz, was wußte denn der Arzt von diesen Dingen. Ein Arzt hatte sich um Magen und Darm und Knochen und böse Säfte zu kümmern. Freunde und Familie. Guus, Muriel, seine Mutter, Yoshua, die Frau in Manila, der Orgelmann, das Motorradmädchen. Sein Vater. All die Schnipsel, sein Gedächtnis kam mit dem Sammeln kaum noch nach. Unendlich viele kleine Meldungen, durchgegeben von einem übergeschnappten Funker. Sein Leben war aus Erinnerungen zusammengeklebt; so war es nicht vorgesehen gewesen, so nicht gedacht, so nicht. Glück und Reichtum hätte das Schicksal für ihn bereit haben sollen! Er war achtunddreißig Jahre alt, ein neues Leben in einer verwandelten Welt stand vor der Tür. Aber es ging, verdammt noch mal, einfach nicht voran; kein Zug mehr, auf dem er triumphierend und berauscht den nächsten Bahnhof erreichen konnte.

Cape Town, er ging nach Kapstadt. Die Stadt, in der er so energiegeladen angekommen war auf seinem Schiff. Die beiden Koffer, die er beim Zoll hatte vorzeigen müssen, besaß er nicht mehr. Alles, was er besaß, war Unsichtbares, das ihn störte. Wieder stand er vor dem kolossalen Bahnhof von Kapstadt, ein weiterer Schritt zurück, und Heimweh würde ihn packen. Aber er tat ihn nicht, Holland war keine Möglichkeit mehr, dort würde er seine Mutter wiedersehen, und was dann, wie weiter. Es gab kein Weiter mehr. Er konnte da nicht hin.

Die Zeit wieder aufspulen, gegen den Strom zurück, ins Abteil, Fenster zukurbeln, Krähe wieder in den Baum setzen, dem Orgelmann aus dem Weg gehen?

Der Orgelmann, was mochte aus ihm geworden sein. Die Frage kam ihm in den Sinn, als er den langen Weg zum Hafen von Kapstadt ging. Wenn es irgendwo Arbeit gab, dann dort. Er kam an dem Ehrenmal vorbei, nicht weit von den Kais, auf denen sich die künftigen Gefallenen nach Europa eingeschifft hatten. Ein in Eisen gegossener Mann, Gewehr im Anschlag, feuerbereit, zum Sterben bereit. Du anonymer Mann mit deinen anonymen Gedanken und deiner anonymen Jugend. Er verlangsamte seinen Schritt nicht, aber er sah das Denkmal und wie unwahrhaftig es war. Wahn eines daheimgebliebenen Bildhauers. Nie hatte es ein solches Triumphieren gegeben, nie diese Bereitschaft, dieses freudige Erwarten des nahenden Feindes. Ich greife an, wer folgt mir? Wohl eher: Ich folge, greif mich nicht an. Der kleine Bildhauer hatte den Krieg nie erlebt, keinen Urwald gesehen, nie bei Bombenangriffen Deckung gesucht, kein Lager überlebt, kein torpediertes Schiff, keine Wellen.

Was wohl der Orgelmann im Krieg getrieben hatte, fragte er sich. Der kannte den Dschungel doch auch in- und auswendig, lebte tief im Inneren Gabuns. Ob er seinen Gott noch liebte, und seine Dorfbewohner? Hinausgeschleudert aus Zeit und Raum und aufgeschlagen am Ufer eines schmutzigen Flusses mitten in Afrika;

ob er noch atmete und auf seiner Tretorgel spielte, zwischen den Lianen? Was hatte dieser Mann nur an sich gehabt, das ihn so angezogen hatte an jenem Abend in Honk? Als er über den Kai ging und den Ozean roch, saß er wieder in dem Zimmer mit seinem Vater und dem Fremden. Eine Wohltat, ein Windstoß in der Provinzstadt, in der sein Vater das Sagen hatte und in der es sonst niemals wehte. Damals mußte ausgebrütet worden sein, was ihn hierhin gebracht hatte. Frühjahrskaminfeuer, im Hintergrund klappte der Geiger seinen Violinkasten zu, Geräusch wie eine Scherbe in der Stille. Von Gott war nicht die Rede, Afrika lag weit offen zwischen ihnen. Schweitzer, Einzelgänger, verdrehter Soldat, einsamer Maniak. Es war dunkel geworden in Honk, sie hatten sich fast nicht mehr sehen können, die Stehlampen gaben kaum Licht, aber das Auge seines Vaters hatte geglänzt. Die Worte von damals hatten an Bedeutung verloren. Was ihm im Gedächtnis geblieben war, waren Fetzen, Ungreifbares. Akkorde, der Händedruck des Orgelmanns, einzelne Fragmente der Geschichte von einem dunklen Atlantis. Und daß er den Mann sehr bewunderte, außergewöhnlich bewunderte, ohne zu wissen, warum. Vielleicht allein schon, weil er seinem Vater gewachsen war? Zusammenstoß zweier kleiner Königreiche, ein Sich-Erproben, der Ton heimlicher Wertschätzung. An jenem Abend hatte er sich endgültig für ein anderes Leben entschieden, wilder, spannender, mit vollem Einsatz. Der Fremde setzte sich gegen seinen Vater durch, gegen seine Mutter sogar. Er sah noch die Umrisse vor sich, hörte noch die Geräusche aus der Küche, er verschwand, er hatte den Mann nicht mehr wiedergesehen, seine Erinnerung endete hier.

Die Schiffe, an denen er vorbeikam, sahen seelenlos aus, der Drang zu fahren hatte ihn verlassen. Ungestrichenes Eisen an dicken Tauen, der Anblick ärgerte ihn fast. Ziellos ging er weiter, redete sich ein, daß er Arbeit suchte. Es spukte in seinen Knochen, etwas stimmte nicht mit ihm, er würde zu keinem Arzt mehr gehen. Aber am Wasser wollte er noch sein, immer suchte er den Hafen, nicht um wegzufahren, nicht um anzukommen, sondern weil man dort in einem Grenzgebiet war, nirgendwo hingehörte, schwebte. Rand der Stadt, Rand des Landes, das Meer als schemenhafte Hand, die er nicht ergriff. Häfen und Schiffe hatte es in seinem Leben gegeben, so lange er zurückdenken konnte. Das kleine Kanu mit dem exotischen Namen, labiles Gleichgewicht zwischen zwei Paddeln, unmeßbar weit entfernt von der *Félix Roussel* oder der *Alcantara* oder der *Bungo Maru* oder der *Tegelberg* oder der *Cape Town*. Er war einmal dabeigewesen, wenn sie angelegt hatten, wenn sie vertäut wurden, wenn man ihnen zum Abschied nachgewunken hatte. So viele Meere, so viele Möwen im Kielwasser, so oft von Bord gegangen. Sein Vater hatte den Krieg wenigstens nicht mehr erleben müssen, aber er hatte ja schon einen Krieg gehabt. Sein kleiner Vater, Offizier der niederländischen Kolonialarmee tief im

Inneren von Aceh. Ein paar Träger, zehn Gewehre mit Bajonett, ein Auftrag.

Einmal hatte er in einer Schreibtischschublade seines Vaters ein Notizheft gefunden, hauchdünn mit einer schwarzen Lackschicht auf dem Umschlag. Das Geheimnisvolle dieses Schreibtischs, die reglosen Dinge darauf und darin, galante Bruchstückchen aus einer vergangenen Epoche. Eingegraben in sein Gedächtnis war der Nachmittag, an dem er durchs Arbeitszimmer seines Vaters gestreift war und sich an den Schreibtisch gesetzt hatte. Es war niemand zu Hause, seine Brüder waren auf dem Eis, sein Vater im Amt, seine Mutter ausgegangen. Jeder war irgendwo, tat etwas Bestimmtes, alles rührte sich und wirkte, das Leben war eine Maschinerie, die einen erfaßte, es bewegte sich unbeirrbar in eine Richtung, man schien sich nicht dagegen wehren zu können. Kirchenuhren schlugen die Stunde, er hörte das Geschrei von Kindern bei einer Schneeballschlacht, sah den Schnee auf dem Haus gegenüber. Ein bleigrauer Nachmittag, die Zimmer ohne Licht, das Holz der Möbel glanzlos. Er saß dort im leeren Raum, fühlte sich verloren im Reich seines Vaters, in dem die Sonne nicht unterging. Ein Junge war er, fünfzehn, sechzehn Jahre alt. Wenig später sollte der Sturm losbrechen, der sich nicht mehr gelegt hatte. Aber jetzt empfand er noch die Magie, die Anziehungskraft seines Vaters, des Offiziers, des Einäugigen, des Draufgängers. Zerstreut öffnete und schloß er eine Schublade nach der anderen. Stille um ihn herum, das Licht wie schmutziger Marmor; Unbehagen beschlich ihn, weil er sich ohne Erlaubnis in den persönlichen Bereich seines Vaters hineindrängte. Sich an den Schreibtisch setzte, an dem er ihn immer schreiben sah, Reden, Amtliches, Briefe. Die Hieroglyphen dieses Lebens, das Löschblatt, das Tintenglas, die sorgfältig gespitzten Bleistifte in einem speziell dafür entworfenen Kästchen, das glatte, schwarze Telefon. In der untersten Schublade, unter vergilbten Papieren, fand er das Heft. Er schlug es auf und erkannte sofort die Handschrift, niemand auf der Welt schrieb schöner. Ein Heft mit gerade einmal acht Blättern, einige leer, ein paar beschrieben. Sollte er sie lesen?

Der Hafen von Kapstadt, was wollte er dort eigentlich? Zurück in der Zeit, fort von dem Wasser, das ihn an den Ozean erinnerte, an Guus, an die Totenjahre. Lieber noch einmal in den lange vergangenen Nachmittag eintauchen, diese Stunde, die etwas von der Schmuddeligkeit des Schnees auf der Straße hatte, von vielleicht bald einsetzendem Tauwetter, Stunde der Unentschlossenheit. Die plötzliche, unerwartete Entdeckung, die Überraschung, als er anfing zu lesen. Mit Bleistift geschrieben: »Donnerstag – 5 Uhr – von allen Seiten angegriffen. Wenig Aussicht, uns zu halten. Grüßt meine Mutter und meinen Bruder« – und dann der Name seines Vaters, nur der Nachname. Na bitte, so war er! Einer, der in der größten Gefahr ruhig in sein lädiertes Heftchen schrieb, daß er wahrscheinlich fallen werde. Schüsse, Geschrei, überall Hinterhalte in unbekanntem Gelände. Sich nicht »halten« zu können, bedeutete: gehäutet zu werden, auf einen Pfahl gespießt, erwürgt. Grüßt meine Mutter – Mutter in Großbuchstaben. Grüße aus Aceh, Gruß aus den schon dunklen Wäldern, Gruß von einem verlorenen Posten; Rücken an Rücken die Gewehre geladen, aus vollen Patronentaschen. Wie waren sie davongekommen, wie hatten sie »sich gehalten«?

Er las die Seite davor: »Haben nach Klewang-Angriff am Dienstag (2 Tote, 8 Verwundete) wegen Ausfall von Trägern hier haltmachen müssen.« Vor dem Angriff am Donnerstag saßen sie also schon zwei Tage in der Falle. Träger tot, mit all ihren Verwundeten konnten sie natürlich nicht entkommen. Klewang-Angriff, ganz nüchterne Feststellung, mit sicherer Hand quer über die Seite geschrieben, auf dem Schoß vermutlich, während das Gewehr neben dem Knie lag. Logbuch der letzten Minuten. Und dann, auf der dritten Seite: »4. Brigade halb vier zurück« – mehr nicht. Halb vier zurück, die Hälfte der Männer tot oder verwundet, Angst besiegt, Fluchtweg gefunden, von Entsatztruppen herausgeholt? Kein Wort darüber, keine Klagen, keine Empfindlichkeiten, keine Zeitverschwendung. Wir werden wohl draufgehen, der Tod ist nicht mehr weit, wenig Aussicht, uns zu halten, grüßt Mutter. Und dann wie nebenbei: 4. Brigade halb vier zurück. Wild waren seine Empfindungen, wild seine Gedanken. Das schwarze Heft steckte er schnell wieder zurück, als wäre er etwas Verbotenem auf die Spur gekommen. Wie ein Archäologe legte er alles an den Platz, an dem es gelegen hatte, und schloß die Schublade. Sah das Heftchen danach nie mehr, sprach nie davon; er war der Willenskraft seines Vaters begegnet, in einem unansehnlichen Versteck in dessen Büro.

Bis gegen Abend blieb er in der Gegend um den Hafen. Fragte bei ein, zwei Reedereien nach Arbeit. Mittlerweile war er bereit, alles zu nehmen, solange er nicht in den Laderaum eines Schiffes mußte. Von Muriel hatte er nun schon seit Monaten nichts mehr gehört. Es kam ihm so vor, als wäre er seit seinem Weggang aus Lourenço Marques im freien Fall. Etwas zog ihn abwärts, seine Erinnerungen hatten jetzt die Schwere von Basalt. Muriel war ein Plateau auf dem Weg bergab gewesen. Überraschend war sie in seine American Bar gekommen. Sie, Muriel, war durch die Nacht gefahren, um zu ihm zu kommen, nicht umgekehrt. Sie war durch die eiskalte Polderlandschaft zu ihm gerast, mit Augen voller Tränen und halb erfrorenen Händen. Das war natürlich nicht wörtlich zu nehmen, man mußte eiskalt durch feuchtwarm ersetzen und Polder durch afrikanische Felder, und Ort und Zeit und Stimmung verändern. Alles verschwinden lassen, sich auflösen, sich häuten. Die Haut abziehen, die Narben beseitigen. Wie sehr hatte er sich offenbar danach gesehnt, daß eine Frau ihn abholen würde, wie hatte er davon geträumt, daß sein Leben in andere Hände übergehen würde. Als sie dort in seiner

Bar stand, wünschte er sich so sehr, daß sie diese Frau wäre. Muriel hatte ihn noch nicht einmal bemerkt, er hielt schon ihre Hand, bevor ihre Augen sich an das Halbdunkel gewöhnt hatten. Und sie hatte sich nicht umgedreht und ihn auf seinem Motorrad zurückgelassen, in einer Kälte, die nie mehr enden sollte. Muriel war der Gegenpol des Motorradmädchens, das mehr zu seiner Entwurzelung beigetragen hatte, als er sich eingestehen wollte. Ihre Zurückweisung damals hatte ihn gelähmt. Zuerst war er einfach stehengeblieben, seine Hände hatten sich um die Lenkergriffe des Motorrads gekrampft. Es stimmte gar nicht, daß er sofort gewendet hatte und zurückgefahren war, wie in der zurechtgeschminkten, verzerrten Erinnerung, die später in seinem Gedächtnis hängenblieb. Er hatte ihr noch nachgerufen, als sie wegging, ins Haus zurück. Sie hatte den Kopf geschüttelt, »Wiedersehn, Rob«, Tür zu. Vorhang; die nachschwingenden Teile des Bühnenvorhangs, die Stille vor dem Applaus, angehaltener Atem. Er wußte nicht mehr, wie lange er gewartet hatte in der Hoffnung, daß sie wieder herauskommen würde. Zehn Minuten, eine halbe Stunde; der Wind, der über die Polder fegte, ging durch ihn hindurch. Das war die Grundierung für alles weitere gewesen. Die Flucht. Die rasende Fahrt zurück war die letzte gewesen, die ihn zu seinen Eltern führte, danach ging es mit Höchstgeschwindigkeit von ihnen fort.

Auch wenn Muriel seine Briefe nicht beantwortete,

er fand es schön, ihr zu schreiben, und im Grunde erwartete er keine Antwort. Es war, wie Flaschenpost ins Meer zu werfen. Seine Müdigkeit, gegen die er nicht ankam, wurde stärker. Immer öfter verbummelte er die Tage am Hafen. Arbeit gab es nirgends, nichts Passendes, Laderäume säubern wollte er nicht. Für einen ehemaligen Bergarbeiter war ein Laderaum ja nicht tief. Aber er würde Guus dort begegnen, den Alarm der *Bungo Maru* hören, sobald er mit einer Reinigungskolonne hinabsteigen würde. Er war zu einer offenen Wunde geworden, einem Schlachtfeld von Erinnerungen.

Daß sie es damals geschafft hatten, aus dem Bauch des Schiffs hinauszukommen, war reines Glück gewesen. Eine Treppe hinauf, ringsum Hunderte von Männern in panischer Flucht ins Freie. Guus und er dicht beieinander in einem Ring von Ellbogen. Schweigend kämpften sie sich durch das unheilverkündende Brüllen, unter ihnen, über ihnen. Guus voran, sein weißes Haar wie eine Leuchte im Dunkeln. »Gleich weiter zur Reling, nicht warten, nicht zu lange nach unten schauen, springen!« hatte er Guus zugerufen. Immer wieder mußten sie anhalten, eingekeilt, scheinbar auf weniger als Körperbreite zusammengedrückt. Enge Gänge ohne Beleuchtung, in Serpentinen ging es aufwärts, ein endloses Schieben und Stoßen. Türen von Kajüten standen offen, durch Bullaugen sah er graues Wasser, die Sonne war noch nicht aufgegangen. Die Wehen des Schiffs hatten begonnen. Endlich kamen sie wie von selbst ins Freie, nach oben gepreßt, weil der Schiffsraum unter ihnen vollief. Wegen der Schlagseite rutschten sie schnell an den Rand des Decks, konnten sich kaum aufrecht halten. Die Rettungsboote waren zu Wasser gelassen, die Japse ruderten schon weg, schwammen nicht gern. Das war eher etwas für die arroganten Kerle aus dem Westen. Wenn die unbedingt am Leben bleiben wollten: Schnappt euch Planken, macht euch ein Floß, zieht die Hemden aus und segelt. Später würde man dann sehen, wer und was noch übrig war für ihren Kaiser. Die furchtbare Schnelligkeit, mit der alles vor sich gegangen war, wie in einem einzigen Augenblick. Ein Schwungradeffekt, die Zeit explodierte. Ein mechanischer Vorgang, so erlebte er es, als würde es ihn nicht betreffen, und eins griff ins andere, nie gab es einen Moment des Zögerns. Wer zögerte, war verloren, wer nachdachte, abgeschrieben. Jeder Schritt erfolgte fast zwangsläufig. Sie hatten es bis zur Reling geschafft, hielten sich mit rudernden Armen im Gleichgewicht. Ein letztes Mal wurde der gnadenlose Ablauf unterbrochen. Kurz bevor sie sprangen, sah Guus einen Hund, der über das Deck rutschte. Er hielt ihn fest, sagte etwas zu ihm, versuchte ihn zu beruhigen. Als läge das Tier zu Hause auf der Schwelle der Waschküche, so beugte sich Guus über den Hund und strich ihm über die Ohren. Und ließ ihn wieder los. Sie sahen, wie er weitertaumelte, an eine Wand stieß und schließlich aus ihrem Blickfeld verschwand. Der Hund eines Japaners, eines Bootsmanns, der ihn schon viele Jahre auf See mitgenommen hatte. »Spring, Guus, spring!« Der Moment war da. Dann kam nichts mehr.

Tagelang war er auf den Kais unterwegs, saß herum, sein Kopf war zum Bersten voll, sein Leib leer wie damals am Kwai. Fast fünfzehn Jahre schon unterwegs, um nirgends anzukommen. »Söldner des Horizonts« hatte er Yoshuas Vater in Gedanken genannt. Das war er selbst im Grunde auch. Nur daß das Geld, um das es dem Söldner geht, zum Problem wurde. Er lebte von einer Entschädigung für ehemalige Kriegsgefangene, die er mit größter Mühe ergattert und bei einer Bank eingezahlt hatte. Den demütigenden Kampf um dieses Geld hätte er am liebsten vergessen. Er hatte nachweisen müssen, daß er Zwangsarbeit am Kwai geleistet hatte, daß sein Schiff torpediert, daß er in Japan aus einem Lager befreit worden war. Hatte Papiere aus den Eingeweiden der Bürokratie gefischt. Sogar die Japse mußten dafür ihre Lagerakten durchsuchen. Mitten in dem verdammten Dschungel hatten sie jeden Mann gezählt, beschrieben, verewigt. Hatten ihren Papierkram genauso tadellos in Ordnung gehalten wie ihre Verbündeten. Moffen mit gelber Haut, dienernde Deutsche, in Bangkok wurden die Bleistifte ebenso sorgfältig gespitzt wie in Berlin. Administrieren als stille Variante des Marschierens. Bürohengste an den entscheidenden Punkten des Schlachtfelds, alles kontrollieren sie, niemand kann ihnen entkommen. Aufgeschrieben zu sein, unauslöschlich, allem entwischt, nur nicht der Macht der Schreibtische. Eiskalt, in einer feindlichen Keilschrift stand sein Name auf dem Papier, überzeugender Beweis seiner Anwesenheit, damals, vor langer Zeit, einen Kontinent weiter. Sein Name, entkleidet bis auf ein paar Stäbchen, Stege, Flecken: in Thailand aufgemalt von einem kleinen Soldaten, einem Jungen noch, einer Maschine, die ihre Pflicht zu tun glaubte. Er erinnerte sich an den Nachmittag, an dem man ihn beschrieben und befragt hatte: Den Namen seiner Mutter hatte er nennen müssen, den Namen seines Vaters; wo und wann geboren, welche Einheit, wo kapituliert, welcher Beruf, bevor er Soldat geworden war … All das stand da noch. Er hatte die Papiere dem »von der niederländischen Regierung bevollmächtigten Beamten« in Südafrika übergeben. Was darin aufgezeichnet war, war die rücksichtslose Verneinung seiner Kriegserlebnisse, kein Wort bot Halt, die zu Papier gebrachten Fakten bedeuteten nichts, hatten keine Geschichte zu erzählen, waren seelenlos. Erfüllten aber ihren Zweck. Denn nach fünf Jahren bekam er dann doch noch seinen Soldatenlohn, auf den Tag genau abgezählt: in Gefangenschaft geraten dann und dann, befreit da und dort, Sold pro Jahr soundsoviel, abhanden gekommener Besitz dies und das, zusammen siebentausend Gulden, siebentausendeinhundertfünfundsechzig, um genau zu sein. Trostlose Berechnung, trostlose Auszahlung, eine Weile konnte er davon leben, aber wie lange, und wofür eigentlich.

Zurück in die kahlen Zimmer in der Clifton Street,

wo die Leere sich stapelte und die schleichende Vernachlässigung. Jeden Morgen ging er, kehrte jeden Abend mit der Dämmerung zurück, wenn das letzte Sonnenlicht hoch oben auf dem Bergkamm lag – stetiger Geländeverlust. In den militärischen Instruktionen seines Vaters stand der schönste je von einem Soldaten geschriebene Satz: »Ständiges Haltmachen ist stetigem Geländegewinn nicht förderlich.« Er wurde in der Familie bei jeder passenden und unpassenden Gelegenheit zitiert: wenn Brüder bei einer Radtour zurückblieben, Mutter vor einem Schaufenster stehenblieb – »Ständiges Haltmachen ...« Alles bewahrte dieser Kopf ohne Richtung und Ziel, alles zog mit ihm, wohin er auch ging. In die Clifton Street 22 oder nach Gang Coorde 10 in Bandung, ganz egal wohin: bis oben hin voll mit unersetzlichen Gefühlen, nutzlosen Erinnerungen, Gedanken ohne Zusammenhang.

In Joburg, wo er zwischen Nacht und Dunkelheit gelebt hatte, da er tagsüber unter Tage war, in Joburg waren seine Zimmer genauso kahl gewesen wie hier in Kapstadt. Auch damals schon hatte er sich nicht wohnlich einrichten wollen, weil er fürchtete, unerbittlich an seine Eltern erinnert zu werden. Dabei hatte er als Bergarbeiter bald genug verdient, um sich alles mögliche kaufen zu können, kleine Bilder, Lampen, einen Schreibtisch. Er tat es nicht. Was er in den Läden sah, fand er häßlich, und wenn er einmal etwas Schönes fand, ging er schnell weiter. Das holländische Haus, Honk, mußte unbedingt verschwinden, unsichtbar bleiben. Auf keinen Fall durfte irgend etwas seinem früheren Zuhause ähneln, dem Vornehmen, Geordneten. Eingang verriegelt, Möbel mit Tüchern abgedeckt, Absperrseile vor den Stühlen – ein Museum, ein Lagerraum für eine verbotene Vergangenheit. Auftauchen aus der Tiefe der Mine, dann durch die dämmrige Stadt, in seine Stammkneipe in der Rissik Street. Fortgeweht, losgerissen von dem kleinen Offizier und von seiner Mutter, seiner unwirklich lieben Mutter, die nicht aufhörte, ihm zu schreiben, Flaschen voller Nachrichten auf den Wellen vor dem Kap der Guten Hoffnung.

»He Dutchman, komm mit zu den Hunderennen, da verdienst du mehr als in deinen Drecksminen« – und er ging hin. Mit Tausenden auf wackligen Tribünen in einem Orkan von Geschrei. Einige Monate ging er zu den Rennen, bis er eines Tages einen hohen Betrag verlor und sofort aufhörte. Das Wetten lag ihm, sein ganzer Lebenslauf war der eines Spielers, aber damals mußte er unbedingt sein Geld zusammenhalten.

In der Clifton Street dachte er an seine Joburg-Jahre zurück, in der Leere seiner Zimmer, wo er Aussicht auf eine allzu lebhafte Straße und ferne Berge hatte und den Ozean spürte, auch wenn er ihn von dort aus nicht sehen konnte. Langsam, aber sicher wurde er von diesem Kontinent gedrängt. Fünf Jahre hatte er an der Goldmine Halt gefunden, an Joburg, am Lebensstil einer *booming city*. Bis der Krieg ausbrach und er sich mit einem Seufzer der Erleichterung zur Armee meldete. Ja, tatsächlich, mit dem Gefühl, erhoben zu werden und aufgehoben zu sein in einer neuen Ordnung, war er in den Krieg gezogen. Freiwilliger, gut gelaunt auf dem Weg zu einem gewaltigen Theater. Aber er wollte nie mehr nur Zuschauer sein. In Joburg war er noch nicht aus alten Bindungen gelöst, war er noch der Fremde, der Dutchman gewesen. Der Krieg sollte ihm helfen, alles abzustreifen, sein Heimweh, seine Herkunft, sein Zuhause. Auf den Kahlschlag, die vollständige Auflösung schließlich war er nicht gefaßt gewesen. Nicht auf den Kwai, auf Japan, auf die Vernichtung.

Die langen Abende in der Clifton Street. Kapstadt 1950, kurz bevor die Apartheid ausbrach. Er wußte inzwischen sehr gut, was Apartheid war, was es bedeutete, abseits zu stehen, auf der falschen Seite der Welt. Arbeitslos, krank, herausgebrochen aus seiner Vergangenheit und doch immer und überall im Kampf mit ihr. Aufmärsche in den Straßen von Kapstadt, Demonstrationen, Prügelorgien der Polizei – es waren bald nur noch verschwommene Flecken vor seinen starrenden Augen. Stundenlang saß er am Fenster und schaute in die erbarmungslose Sonne. Schon morgens begann ihm sein Tag aus den Händen zu gleiten, es fehlte ihm an Zeitgefühl. Er lebte wie vom Zufall gesteuert, hatte den Rhythmus verloren, der ihn so viele Jahre in Bewegung gehalten hatte. In den Stollen der Mine und in den Lagern hatte es den schützenden Zwang einer unsichtbaren

Uhr gegeben. Die erste Schicht unter Tage, die krachenden Türen des Förderkorbs, das verhaßte Gebrüll der Japse, die eiserne Disziplin des Appells. Das alles hatte sonderbarerweise auch Halt geboten, die erbarmungslosen Rituale hatten ihn in eine Form gegossen. Und auch seine American Bar und Muriel hatten seinen Tagen ein Tempo vorgegeben. Jetzt konnte er einfach nicht mehr. Blei in den Knochen, oder Schlimmeres als Blei. Kein Arzt konnte dagegen etwas tun.

Es kam der Tag, an dem er bei einer Firma vorsprach, die Enzyklopädien vertrieb. Er hatte ein Schild an einer Hauswand gesehen: »Vertreter gesucht«. Damit war der Tiefpunkt erreicht. Lexika verkaufen zu müssen war ein untrügliches Zeichen des Scheiterns. »Clark Gable am Rhein«, wer war es noch, der ihn einmal so genannt hatte? Ein Mädchen von seiner Schule, mit dem er einen ganzen Abend getanzt und sich prompt auch zum Scherz verlobt hatte. Alles konnte er, alle blickten erwartungsvoll auf ihn, alles war möglich, die Freiheit selbst rollte den roten Teppich vor ihm aus. Und nun das: ein heruntergekommenes Gebäude, ein Lager voller Kartons mit Enzyklopädien. Verkauf auf Provisionsbasis. Ohne Verkauf kein Verdienst. Man wolle es einen Monat mit ihm versuchen. Ob er eine Krawatte habe, und ein Jakkett und einen Hut. Tadelloses Auftreten sei Voraussetzung, der Verlag erwarte ordentliche, korrekt gekleidete Vertreter. Es war schlimmer als in der Mine. Häuser abklappern, mein Gott, klingeln. Der erste Blick der

Frau oder des Mannes in der Tür entschied alles. Clark Gable, wo waren seine Augen, wie hatte er noch gelächelt. Nach einer Woche hatte er genau eine Ausgabe verkauft, und die auch noch an einen Holländer, der vermutlich Mitleid mit seinem früheren Landsmann gehabt hatte. Die Welt in einem Karton, das gesamte Wissen von ein paar Eichhörnchen zusammengekratzt und verkaufsfertig verpackt. Er schleppte den Karton mit fünfundzwanzig Bänden treppauf und treppab. In einem klapprigen Auto, das der Verlag zur Verfügung gestellt hatte, fuhr er kreuz und quer durch Kapstadt, und allmählich wurde ihm klar, daß dies sein letzter Broterwerb war. Bis hierhin und nicht weiter. Der Ausverkauf seines Lächelns, der Verfall seines Charmes: Gnädige Frau, da haben Sie das ganze Universum griffbereit, bald kann hier bei Ihnen ein unversiegbarer Quell des Wissens sprudeln. Sechs Tage durch die Stadt, sechs Tage durch eine geteilte, verformte Stadt, in der Schwarz und Weiß sich nicht berührten, es sei denn, daß ein Weißer einen Schwarzen anhielt, um ihn zu kontrollieren. Auf der *Félix Roussel*, zwei Decks tiefer, hatte er sie gesehen, wie sie an der Reling standen, gestikulierten oder aufs Wasser starrten. Manchmal hatten sie gesungen, mit Stimmen, so schwarz wie ihre Haut. Schwarz und durch den geheimnisvollen Ratschluß der Schiffahrtsgesellschaft zusammengebracht. Ordnung muß sein, Schwarz zu Schwarz, Weiß zu Weiß, mit dem Unterschied, daß Weiß Erste Klasse fuhr, mit Dreigängemenü und

Tanzfläche. Zugefallene Überlegenheit, die Arche Noah nach Rasse und Farbe aufgeteilt, dazwischen waren alle Schotten dicht; so fuhren sie übers Meer. Warum schlug niemand Krach deswegen? Niemand schrie, daß sie ja wohl alle verrückt geworden wären, niemand rüttelte die anderen wach. In ihren Liegestühlen auf dem obersten und besten Deck träumten sie vor sich hin, schauten nach den Möwen hinter dem Schiff, den Gischtbahnen, die es durchs Wasser zog. Der Krieg war vorbei, der Terror vergessen, dachten sie.

Die Fahrten durch Kapstadt waren Fahrten über ein Schachbrett. Schwarze und weiße Quadrate, eine Stadt der Bauern, Läufer und Türme. Nach einer Woche klingelte er noch einmal bei denen, die über das Angebot hatten nachdenken wollen. Ihre Adressen hatte er auf ein paar Zetteln in seiner Innentasche. Einer nach dem anderen sagte ab. Sie hätten es besprochen, es sei gewiß verlockend, und die Bände seien wunderschön, trotzdem ... Am Ende der Woche hatte er die gesammelten Namen abgehakt. Alle Referenzen fort, zerrissen, ins Wasser geworfen. Ein Name war noch übrig: Batson, Edward Batson. Eine Frau hatte aufgemacht und gesagt, ihr Mann würde vielleicht ... Er klingelte. Die Tür wurde geöffnet. Guus! Die Ähnlichkeit traf ihn wie ein Schlag. Ein paar Sekunden lang stand im Schatten dieser Tür sein Freund. Aber er war es nicht, natürlich war er es nicht. Als ob er hier angespült worden sein könnte, in einem gepflegten Außenbezirk von Kapstadt. Ein

Mann mit in der Mitte gescheiteltem, fast weißem Haar, Tweedjackett mit Lederflicken auf den Ellbogen, Krikketfan vermutlich, Akademiker, jemand, der eine neue Enzyklopädie gebrauchen konnte. Müde und verwirrt erklärte er, was er anzubieten hatte. Dieser verdammte Guus, der ihn immer wieder überfiel, ihm auch noch hierhin folgte, wo er eine letzte Chance hatte, etwas zu verdienen.

»Kommen Sie herein.«

Batson ging ins Arbeitszimmer voraus und zeigte auf einen der Bücherschränke.

»Die Ausgabe von 35. Ich könnte eine neue gebrauchen, seit damals wurde ja das Unterste zuoberst gekehrt in der Welt. Für wieviel nehmen Sie diese in Zahlung, wenn ich die von 1950 bei Ihnen bestelle?«

Darauf war er nicht vorbereitet, er hatte keine Anweisungen für einen Umtausch. Guus hätte den Mann ohne weiteres zu nehmen gewußt, er nicht mehr. Guus hätte einen der Bände aus dem Schrank genommen und eine Frage zu dem schönen Gemälde an der Wand gestellt, »ein François Krige, wie ich sehe?« Er wollte das Zimmer nicht sehen, in dem er stand. Er erkannte etwas wieder, roch etwas; etwas nagelte ihn fest, lähmte ihn. Der Schreibtisch, die Vorhänge, der Teppich und vieles andere in diesem Raum – wenn er es sah, spürte er einen Schmerz, den er jetzt nicht auch noch ertragen konnte. Er wartete ab, wollte so schnell wie möglich fort. Dann eben kein Lexikon verkauft. In Zahlung nehmen, er wußte nicht, ob das überhaupt ging, er würde erst nachfragen müssen. Guus wäre es nicht schwergefallen, eine Lösung zu finden. Natürlich, das würde man schon regeln. Kricketspieler unter sich, *how's that.*

Schließlich kamen sie doch noch zu einer Einigung. Er werde die Enzyklopädie liefern, wenn er die alte in Zahlung nehmen dürfe, das müsse die Geschäftsführung entscheiden; aber es wird sicher gehen, Herr Batson. Einer mit so einem Namen mußte Kricket spielen können. Newlands Cricket Club mit Aussicht auf den Tafelberg, er hatte sie im Schatten der langen Eichenreihe sitzen sehen, die weißen Männer und Frauen, und auf der anderen Seite des Spielfelds die Schwarzen, direkt vor dem kleinen Bahnhof. Das träge Spiel der Teams in makellosem Weiß, der unerträglich langsame Applaus für einen Ball, der mit der Geschwindigkeit dieses Beifallklatschens übers Spielfeld rollte. Neujahrsmatch zwischen Kapstadt und Transvaal, es war der 2. Januar 1950, man stand am Vorabend eines neuen Krieges, Weiß gegen Schwarz, eins zu null. How's that.

»Sind Sie Niederländer?« Batson musterte ihn mit vorsichtigem Interesse. Offenbar würde er immer Dutchman bleiben.

»Gewesen«, antwortete er schroff. Guus hätte »ja« gesagt und auf seinen Freund gezeigt: »Und er auch.«

»Meine Mutter war Holländerin.«

Im selben Augenblick verstand er seine Unruhe in

diesem Zimmer. Es sah holländisch aus, holländische Erbstücke standen hier, holländische Gewächse sozusagen.

Seine Mutter auch, seine Mutter immer noch, noch gar nicht so alt, nicht zu alt für ein Wiedersehen. Auch meine Mutter ist Holländerin, Herr Batson, und sie wohnt in gemieteten Zimmern und muß immer wieder umziehen, und ihr Mann ist schon vor dem Krieg gestorben, und sie hat einen Sohn, der vom Weg abgekommen ist. How's that, Herr Batson? Ich kenne euresgleichen. Spielt Kricket, daß es eine Lust ist. Bitte sehr. Spielt euch nur die Bälle zu, ihr wandelnden Bowler. Schlagt zu, kreidet die Linien, wie es euch gefällt. Hüpft und rennt, solange ihr könnt, lauft, fangt, schlagt ab, erzielt eure Wickets und punktet. Langsamer Applaus, immer sachte voran. Die Schwarzen am Spielfeldrand schweigen, gehen zurück zu ihrem Zug und verschwinden in der niedrigen Sonne – seht ihr sie gehen?

Er stand einfach nur da und schwieg so lange, daß Batson fragte, ob noch etwas sei. Sie hätten sich hoffentlich richtig verstanden? Und wann werde er wissen, wie die Geschäftsführung entschieden habe?

4. Brigade halb vier zurück – weg aus dem Hinterhalt, er mußte schnell weg aus diesem Zimmer, in dem eine holländische Mutter gewohnt hatte und in dem seine eigene Mutter so plötzlich aufgetaucht war, daß es ihn wie ein Kinnhaken traf.

»Ich komme nächste Woche wieder, Herr Batson,

und bringe die fünfundzwanzig Bände, Sie können sich drauf verlassen.«

Beinahe hätte er sein Auto nicht wiedergefunden. Wut und Reue, beide so unerwartet, hatten ihm den Orientierungssinn genommen. Das Tweedjackett mit den Ellbogenverstärkungen, sein Vater hatte so etwas getragen, und seine Brüder. Und das war verdammt noch mal nicht seine Welt, aber er kam verdammt noch mal nicht davon los, und, verdammt noch mal, seine Mutter, die er so liebte und die ihm die Hände auf die Schultern gelegt hatte damals im Garten – wenn er sie doch noch einmal wiedersehen könnte. Schließlich fand er sein Auto, in der Nähe des Hauses, am Rand eines kleinen Parks. Er öffnete die knarrende Tür, stieg ein, drehte den Zündschlüssel nicht um. Tief innen in seinem Leib war das Unvermeidliche losgebrochen. Er würde bald sterben, achtunddreißig Jahre alt war er und würde bald sterben.

Er ließ den Motor an. Fuhr in die Dämmerung, den noch warmen Abend. Clifton Street, Clifton Street.

Er stieg die Treppe zu seinem Zimmer hinauf. Die letzten Tage seiner Probezeit waren gekommen. Im Vergleich zu den anderen Vertretern hatte er fast nichts verkauft, und er wußte, daß sein Vertrag nicht verlängert werden würde. Das Telegramm, das in die Türritze geklemmt war, brauchte er kaum zu lesen. »Kommen dringend erwünscht, Mutter ...« Er durfte fort, er mußte fort, er hatte einen Vorwand! Seine Mutter lag im Sterben, und er war nicht bei ihr. Mit dem Telegramm in der Hand blieb er stehen, mitten im Zimmer. Als ob in seinem Kopf eine Gastherme ansprang, deren Zündflamme jahrelang nicht gebrannt hatte. Stechende Hitze hinter seinen Augen, ohne daß Tränen kamen. Leere, die sich füllt, ein Zischen. Als würde die Hülle eines Vakuums durchstochen. Rohre, durch die plötzlich Gas strömt. Der Förderkorb, der Hunderte von Metern in die Tiefe sackt bei seinem ersten Einfahren, das unbeschreibliche Gefühl, daß der Geist noch über der Erde ist und der Körper unten schon ausgestiegen. Der glühende Waggon in Ban Pong, der zum Stillstand kommt, der verrückt machende Lärm, der aufhört, die Türen, die sich zu einem entsetzlichen Raum öffnen. Er stand einfach nur da, die Hand am Telegramm, am liebsten wäre er so stehengeblieben, Stunden, Tage. Wache für seine Mutter, Ehrenwache, Nachtwache wie in dem Wald am Kwai, bis die Sonne aufging und das Schwert den Hals seines Lagerkameraden durchschnitt. Im Warten war er mittlerweile gut, im Aufschieben, Umwegemachen, Verschwinden. Aber ein Entkommen gab es nicht. Seine Mutter starb, und er konnte sie nicht einholen, kam ein winziges bißchen zu spät mit seinem eigenen Tod, er wußte es.

Schließlich las er weiter: »Ticket abzuholen am Wingfield Airport.« Seine Brüder in Aktion, die etablierte Ordnung hatte augenblicklich Maßnahmen ergriffen, ein Ticket bestellt, weil er selbst kein Geld dafür hatte. Noch immer diese unsichtbaren Fäden, eine ferne Hand, die winkte. Er machte sich auf den Weg. Zum Flugplatz, am selben Abend noch konnte er fort. Die Abflughalle war nur schwach erleuchtet, wenige Fluggäste, ein paar Schwarze, die saubermachten, Werktagsbetrieb. Beim letzten Mal hatte er Afrika über Durban verlassen. Auf dem Weg in einen befreienden Krieg, zu einem neuen Zuhause, einer anderen Frau, freiwilligem Unglück.

Es hieß einfach Hotel Durban. Zwei Nächte hatte er dort gewohnt, mit Kate, einer »Farbigen«, beinahe schwarz. Erinnerung ist immer schwarzweiß, es war, als hätte sie gestern in seinen Armen gelegen. Unerträglich anziehend war sie gewesen. Er hatte sie noch nicht lange gekannt, war ihr in Joburg begegnet. Ihre Haut hatte die Farbe einer unbekannten Wüste. Sie wollte ihn, durchbrach die Barriere seiner Zurückhaltung. Er ließ sie gewähren. Sie sprach sogar vom Heiraten, ein Wort, das er nicht einmal buchstabieren wollte. Als er den Kopf schüttelte, war sie nicht verärgert oder niedergeschlagen. Ihre dunklen Augen, ihre schwarze Nacktheit blieben so gastfreundlich wie zuvor. Die Tage in Durban, die schimmernden Stunden mit Kate – Herumtreiber waren sie, für kurze Zeit der Welt abhanden gekommen. Die *Tegelberg* stand unter Dampf, auf den Kais stapelte sich die Ladung, die Kräne schwenkten durch die Luft. Aber sie, sie blieben im Hotel verschanzt, Hand in Hand, Mund an Mund, Leib an Leib. Freiheit, Krieg, Meer.

Nichts konnte ihn niederdrücken, er lebte vollkommen losgelöst von allem. Kate war eine Droge, ein bewußtseinserweiterndes Mittel, ein Lebenselixier. Immer sollte er sich an sie erinnern, aber ohne Reue oder Schmerz, sie war ein Wunder an Selbstverständlichkeit. Mit der gleichen Leichtigkeit zog sie sich wieder aus seinem Leben zurück. Zurück nach Joburg, zurück zur Fortsetzung, welcher Art sie auch sein mochte.

Das Halbdunkel des Wingfield Airport machte ihm die Abreise erträglich. Er saß hinter einer gläsernen Trennwand und hörte der Stimme im Lautsprecher zu, aus dem die erlösenden Worte kommen mußten: Passagiere nach Europa ... Er war nicht mehr geflogen seit den Abenden von Manila, als ein paar amerikanische Piloten ihn nach Hawaii und San Francisco mitgenommen hatten – am Abend hin, am nächsten Morgen zurück. Sein Kopf war noch voll von der Befreiung gewesen, und leer vom Krieg. Das Gefühl, fliegen zu können, ohne beschossen zu werden, die dröhnenden Motoren auf der Suche nach einer Bar am Rand eines Flugplatzes. Fünf Jahre war das her, auf der anderen Seite der Welt, der richtigen Seite. Die Japse besiegt, die Bombe gefallen, von Strahlung, die jahrelang im Körper wüten kann, hatte noch niemand gehört. Manila und der Abschied von der Frau, deren Namen er nicht behalten hatte, während er sich sehr genau an ihre Aufmerksamkeit erinnerte, ihr atemloses Zuhören. Manila und der glänzende Empfang für die befreiten Kriegsgefangenen.

Ex-POW, ehemaliger Prisoner of War, was bedeutete das schon. Man blieb, was man so lange gewesen war, Gefangener des Krieges. Gut, die Uniformen wurden ausgezogen, die Waffen abgegeben. Die Hungerleiber hochgepäppelt, die Muskeln wieder angespannt, die Haare wuchsen nach, okay. Aber der Kaiser auf seiner Insel gab nicht nach, und der kleine Soldat im Dschungel ließ unermüdlich sein Schwert niedersausen. Immer dachte er an Guus, wie oft stürzte er sich in seinen Träumen in die Wellen. Peng, wach, geträumt, kein Wasser, er brauchte nicht zu rufen, Guus war nicht mehr da.

Sein Flugzeug war das letzte an diesem Tag. Überall waren die Lichter schon aus, nur in dem gläsernen Warteraum und im Gang zum Vorfeld brannten Lampen. Um ihn herum rumorten Menschen, er hörte das Gemurmel von Mitreisenden. Sein Mantelkragen flappte leicht gegen seinen Hals, als er in den Abendwind hinaustrat. Auf dem Weg zur Maschine, hundert Meter über den dunklen Beton, war er hellwach. Aber es kostete ihn lächerlich viel Anstrengung, die Gangway hinaufzusteigen. Sein Herz hämmerte, die Stewardeß mußte es hören, sie schaute ihn besorgt an. Er ging an ihr vorbei, außer Atem, müde. Bevor er auf seinem engen Sitz einschlief, dachte er an seine Mutter im fernen Europa. Seine Mutter im Kampf, oder ergeben, der Tod einen Händedruck von ihr entfernt. Wann hatte er den letzten Brief von ihr bekommen, wann hatte er zuletzt einen Brief beantwortet, wie viele Flaschen trieben im Ozean?

7

Schiphol, Amsterdam, einfache Wörter für jemanden, der sie auf ein Schild malen soll, einfach für einen Drukker oder einen Buchhalter, oder die Besatzung eines Kontrollturms. Nicht für einen, der nach traumlosem Flug von Südafrika dorthin die Augen öffnet und die Umrisse einer bösartig veränderten Welt wahrnimmt.

Dann sah er ihn auf sich zukommen, seinen jüngeren Bruder. Fünfzehn Jahre hatte er nicht mit ihm gesprochen, fünfzehn Jahre war er außer Sicht gewesen. Warum war er allein, wo waren die anderen? Sein Bruder hob beide Hände, Willkommen und Warnung zugleich. Als er auf ihn zuging, wußte er plötzlich, warum: Er war zu spät.

»Rob!«

»Brüderchen.«

Sie standen sich gegenüber, hatten sich bei den Schultern gefaßt, er hörte ihn sagen: »Sie läßt dich grüßen. Sie ist gestern gestorben.« Er schaute seinen kleinen Bruder an, der mit den Tränen kämpfte. Was war mit ihm? An einem Ohr trug er einen Verband, seine Haut sah angegriffen aus, rissig.

Grüßt meine Mutter – Mutter in Großbuchstaben.

»Hatte sie Schmerzen?«

»Nein, sie hat nur ein paarmal nach dir gefragt, und ob wir wüßten, wann du kommst.«

Das Hohle in ihm, diese bleischwere Leere. Zu spät,

the story of his life. Land verlassen, auf eine Weltreise gegangen, in allen Winkeln der Erde gewohnt und deshalb zu spät bei seiner Mutter, zu spät für den letzten Gruß. Den Gruß seines Lebens, die nie ausgesprochenen Worte, die einfachen. Ihre Hände auf seinen Schultern im Garten, die Hand an seiner Wange, und drinnen der Orgelmann, der Beginn des Abenteuers. Der sanfte Druck ihrer Hände, die Nachsicht in ihrer Stimme, als sie ihn mahnte, ins Haus zu gehen und die Anwesenden zu begrüßen. Die Unwiderruflichkeit seines Entschlusses in diesem Liegstuhl im Garten von Honk, und über allem die Stimme seiner Mutter.

Wieder dieses Dumpfe, wieder die saugende Leere. Er sah seinen Bruder an, klopfte ihm kurz auf die Schulter: »Hat jemand mein altes Motorrad aufgehoben?« Er mußte darüber hinwegreden, damit er die Worte seines Bruders nicht mehr hörte: »… und ob wir wüßten, wann du kommst.« Wie angeschlagen der Junge aussah, wie ein Kriegskind, blasses Gesicht, geschwollenes Ohr, ein Auge blutunterlaufen. Zwei Jahre jünger war er. In der Urzeit von Honk hatten sie zusammen Tennis gespielt, waren Schlittschuh gelaufen, mit dem Rad zu Verwandten in Frankreich gefahren – in der Zeit vor der Revolution, vor der Guillotine, vor dem großen Morden. Nichts bleibt, und nicht einmal das.

Abend über Schiphol. So anders als Afrika, so vieles war hier klar abgegrenzt, scharf umrissen, drahtlos. Schweigend gingen sie zum Ausgang, sein Bruder hatte sich eine Sondererlaubnis geben lassen, um ihn abholen zu können. Der Zollbeamte blickte erstaunt auf, als er die Stempel in seinem Paß sah. Globetrotter, Geschäftsmann, Spezialist, Diplomat? Nein, schwarzes Schaf, Soldat, Flüchtling, Fremder. Von seiner Mutter gerufen und verspätet angekommen, zu spät, um das Katzenbändchen so zu drehen, daß es richtig saß. Die verdrängten Bilder von seiner Mutter, am Flügel, die Hand, die umblätterte, als würde sie die Noten vorsichtig zur Seite schieben. *Liebestraum*, Traum von einer alten Liebe, vor der er geflohen war. Seine Mutter, Kate, die Frau in Manila, Muriel. Der Zollbeamte winkte sie durch. Geistertüren flogen auf, er war in Holland.

»Weißt du noch, wie Vater hier mit dem Taxi ankam? Der *Uiver* war gelandet, Tausende standen an den Zäunen um Schiphol. Und Vater ging zu einem Wachmann und sagte nur ›Plesman‹, so hieß der damalige Flughafenchef. Plesman – als ob das Zauberwort das Rote Meer spalten würde, damit er mit seinen Söhnen der Besatzung gratulieren konnte. Ganz Vater.«

»›Gut gefahren, Lokführer‹ – auch so typisch für Vater«, sagte sein Bruder.

»›Roy, wir gehen‹ – als bei einem Diner jemand eine zweideutige Bemerkung gemacht hatte und er und Mutter sofort aufstanden. Warum hat er sie eigentlich Roy genannt?«

Roy, seine Mutter. Die tot war. Er wollte nicht daran denken. Er hatte das Gefühl, daß er wankte, oder ging sein Bruder so schnell? Ein paar Dinge mußte er noch erledigen in diesem Land. Seine Mutter begraben natürlich. Er würde nicht sprechen können an ihrem Grab, wie bei Yoshua, oder am Kwai, wo er für einen Kopf an einem Seidenfaden ein paar Sätze gemurmelt hatte. Alles, was er zu sagen hatte, war in Quarantäne – jedes Wort war ansteckend, jeder Satz konnte zum Auslöser einer Epidemie von Wehmut werden, von Schmerz, dem er keinen Raum geben durfte. Seine Brüder sollten den Eindruck haben, daß es ihm besserging. Vor allem sollten sie ihn in Ruhe lassen mit allem Gutgemeinten, ihren Familien, Kindern, Posten. Er würde erzählen müssen, auf ihre Fragen antworten, sich ihre Fotos anschauen, zuhören, wenn sie von ihrem Krieg sprachen.

»Mit dem Zug nach Deventer, dann den Bus nehmen, der hält vor De Kolkhof. Gegenüber ist eine Wirtschaft mit einem Spielplatz daneben. Da werde ich sitzen, um halb zwölf, wir können ein Butterbrot essen, wenn wir möchten.« Instruktionen von Guus' Vater. Er hatte ihn ohne große Schwierigkeiten gefunden. Der Zug nach Deventer fuhr durch die Landschaft, die er vor langer Zeit in einer eisigen Nacht durchquert und am frühen Morgen hatte erwachen sehen. Die Weiden und Dörfer und sonnenbeschienenen Abschnitte der Veluwe. Guus' Vater lebte, Gott sei Dank. Ein paar Anrufe, und er hatte ihn gefunden. Der Vater hatte ihn am Telefon ruhig ausreden lassen, als er nervös, atemlos fast, seine Geschichte zu erzählen versuchte. Daß er Guus gekannt hatte, mit ihm durch Thailand geschleift worden war, wie sie miteinander verwachsen waren, Lianen in einem Dschungel, einer in die Lebensgeschichte des anderen verstrickt. Er hatte zusammenhanglos gesprochen und viele überflüssige Einzelheiten erwähnt, außerstande, von dem zu sprechen, worauf es ihm ankam. Aber der Vater schien zu verstehen, hörte geduldig zu und wollte sich gerne bald mit ihm treffen. Er hatte Guus' Vater noch gefragt, ob er ohne weiteres wegkönne, wegen der Hunde – da war es einen Moment still gewesen; die Hunde gab es nicht mehr.

Die IJssel, die IJsselbrücke, Guus' Fluß. Stumpf schaute er hinaus, sah die Lebuïnuskirche, die über die erste Häuserreihe hinausragte. Niedergeschlagen, weil offenbar alle Dinge Bestand hatten und alles einfach weiterging. Die Brände, von englischen Bomben verursacht, waren gelöscht, die Schutthaufen beseitigt, die Opfer begraben oder fürs Leben gezeichnet, die Läden neu eingerichtet, die Fenster geputzt. Das war der Bahnhof, an dem Guus so oft ausgestiegen war, um seinen Vater zu besuchen, um zu lernen, um Klavier zu spielen. Gleich würde er Guus' alte Welt betreten, er stellte sich seine Ankunft vor. Die Treppe von dem Jugendstilbahnsteig zum Ausgang hinunter, der Ringgraben voller Schwäne, wie es sich gehörte, der Busbahnhof, die Fahrt nach De Kolkhof.

Fahrgäste stiegen ein und aus, das Motorgeräusch, das ruckartige Anziehen des Busses, alles klang beruhigend. Über die Schultern des Fahrers schaute er auf die geklinkerte Straße, an der das Haus liegen mußte.

Das Begräbnis war vorbei, oder vielmehr die Einäscherung, Driehuis-Westerveld, Urnenhain. Auch sein Vater »stand« dort. Einäschern oder beerdigen, ein regelrechter Richtungsstreit, an dem er sich nicht beteiligt hatte. Seine Brüder hatten die Entscheidung getroffen. Er hatte noch gemurmelt, alles sei besser, als vermißt zu sein. Sie waren natürlich nicht darauf eingegangen. Konnten ja nicht wissen, daß er immer noch auf der Suche nach Guus war, daß der ihn unaufhörlich verfolgte, bedrängte. Ihm so nah war wie ein Bruder. Mehr noch, er war auf den merkwürdigen Gedanken gekommen, daß Guus derjenige war, der er selbst hätte sein können. Sein sollen, wenn es nach seinem Vater gegangen wäre? Schmalspurpsychologie, das wurde ja immer besser. Er mußte aufhören, sein eigenes Leben auf das von Guus legen zu wollen. Das dunkle und das helle Leben – seines war das dunkle geworden, das von Guus das helle. Zurückgeblieben, als sie auf ihrem Floß davontrieben, falsch gesprungen, der Schauspieler, bestimmt an irgendeiner vergessenen Küste angespült – das konnte man kaum ein helles Leben nennen, und doch tat er es. Sein Bruder, sein Kamerad, sein Reisegefährte, sein Lagerfreund, also gut, sein Alter ego. Guus, der er nicht war, nicht sein wollte, der Junge, mit dem er vom Schiff sprang. Und der ihm hinterhersprang, ihn nicht mehr verließ, in der Luft hing. Guus, jemand mit einem Vater. Heimlich beneidet, der eine um den anderen. Ein Vater, wie er selbst einen gehabt hatte, und bewundert und geliebt. Das war der Vater, den er von sich gestoßen hatte, den er provoziert hatte, beleidigt, verletzt. Der kleine Offizier, dem das eine Auge fehlte, zurückgekehrt aus Hinterhalten und in den Ruhestand versetzt, bevor er dreißig war. Guus und sein Vater, ihre glücklichen Jahre am Fluß, mit einem Stock und einer Angel durch die Weiden hinter dem Haus. Die Hunde auf der Schwelle der Waschküche. Das verfluchte Glück einer solchen Jugend.

Dumpf, verstummt, versteinert wartete er ab, der Bus fuhr ihn zu einer der letzten Haltestellen, dahin, wo der Vater sein würde. Hielt.

Er betrat das Lokal und erkannte ihn sofort. Guus im Alter von fünfundsiebzig. Alter Mann, Moleskin-Hose, Tweedjackett, Hut vor sich auf dem Tisch, den Stock an einen Stuhl gelehnt. Der Mann stand langsam auf, schaute ihn an, hob die Hand. Zögernd ging er auf ihn zu, außer ihnen war niemand in dem kleinen Raum. Das Sonnenlicht kam hier nicht herein, ein paar Lämpchen brannten, der Windschutz im Eingang fiel leise klatschend wieder zu. Die wenigen Meter von der Tür zum Tisch kosteten ihn einige Anstrengung. Es waren keine Schmerzen, es war Unlust, Widerwille, er wollte stehenbleiben, sich hinlegen, umkehren.

»Also du bist Rob? Ich hoffe, es macht dir nichts aus, wenn ich dich duze. Hat Guus dir von den Hunden erzählt?«

»Sie lagen immer auf der Schwelle der Waschküche, und sie blieben bei Fuß, auch wenn in zwei Meter Entfernung ein Fuchs vorbeilief.«

»Ja, dann mußt du meinen Sohn gekannt haben. Setz dich!«

Gekannt haben, das war Understatement. Ihre Geschichten waren miteinander verschmolzen in den endlosen Stunden, die sie auf ihren Tatamis verbrachten, den Matratzen im Lager Bandung, Stunden, in denen sie Ellbogen an Ellbogen lagen und erzählten, sich Zentimeter für Zentimeter durch ihre Leben vorwärts schoben. Gekannt haben – mein Gott, er wußte alles, mehr als der Vater wußte. Was weiß ein Vater überhaupt von seinem Sohn. Es ist immer umgekehrt, der Sohn weiß etwas von seinem Vater, wartet, schaut, empfängt. Der Sohn ist der Bettler, der Vater wischt hin und wieder Brosamen von seinem Tisch.

Ruhig, langsam, Guus' Vater mußte ja erst einmal zu Wort kommen, er hatte bisher kaum etwas gesagt. Gib ihm eine Chance, erzähl ihm, was du weißt, liebe ihn, protestiere nicht gleich.

»Ich wollte nur wissen, ob du ihm wirklich begegnet bist und wie gut du ihn gekannt hast. Ich habe schon ein paarmal eine Enttäuschung erlebt, wenn Leute behaupteten, daß sie ihn gesehen und mit ihm gesprochen hätten, in London oder Ostindien – und dann nur ein paar ganz allgemeine Dinge wußten. Ich weiß, daß er vermißt ist. Das wurde mir offiziell in einem Brief des Militärkommandanten von Java bestätigt. Zu unserem Bedauern müssen wir Ihnen mitteilen ... auf dem Transport von Singapur nach Japan torpediert und nicht gefunden ... Schiffe haben noch nach Überlebenden gesucht ... nicht entdeckt ... traurige Pflicht ...

Als ich ihn in Hoek van Holland zum Schiff brachte, im Sommer 1939 war das, habe ich noch zu ihm gesagt: Nimm Schwimmunterricht, wenn du in London bist. Zu Hause hatte er es nie lernen wollen, er wollte lieber am Klavier sitzen, oder jagen oder rudern. Er hatte fürs Schwimmen nichts übrig, er konnte es nicht.«

Es dauerte einen Moment, bis er begriff. Dieser verdammte Idiot konnte nicht schwimmen! Aber warum hatte er nichts davon gesagt, warum hatte er ihm nicht schreiend und fluchend klargemacht, daß er nicht schwimmen konnte. Er hatte sich noch um den Hund gekümmert, beruhigend auf ihn eingeredet, ein bißchen Zeit gewonnen. Warum hatte er sich nicht an ihn geklammert, ich kann nicht schwimmen, Rob! Die ganze Zeit hatte er gewußt, wenn sie es durch die Gänge des Schiffs nach draußen schafften, wenn sie es trotz des Chaos und der Panik bis nach draußen schafften, dann würde er springen müssen. Nicht ein einziges Mal geschrien, daß er ertrinken würde. Zu stolz? Nicht daran gedacht; gedacht, ich schaffe es schon? Hatte sich ohne

Widerspruch von Bord fallen lassen, springen konnte man es nicht nennen. Mit einer gewissen Anmut, Schauspieler übt Sprung, beim nächsten Mal Aufnahme. »Spring, Guus, spring.« Okay, er hatte es getan. Als ob er vom Lesetisch zwischen die Scherben eines wilden Abends gesprungen wäre. Natürlich war er gar nicht mehr an die Oberfläche gekommen, untergetaucht und weg. Im zerbrochenen Glas verschwunden. O Gott, er hatte gewußt, daß es für ihn keine Rettung gab. Wenn sie Hand in Hand sprangen, würden sie beide ins Dunkel sinken; er konnte sich nicht an seinen Freund klammern, weil der versuchen würde, ihn zu retten, und dabei auch ertrinken würde – war ihm das durch den Kopf gegangen, als sie sich aus dem Bauch der *Bungo Maru* nach oben kämpften? Durch die schmalen Gänge, um ihr Leben. Schnelligkeit war entscheidend, je schneller sie waren, desto näher kamen sie dem Wasser. Dem Tod also.

»Guus stand beim Appell immer genau vor mir – von dem Schiff erzähle ich Ihnen gleich. Eines Tages hat man ihn mit einem einzigen trockenen Karateschlag in den Nacken niedergestreckt. Er lag in der glühenden Sonne, niemand sah ihn an, niemand durfte etwas tun. Ich schaute auf ihn hinunter, sein Kopf berührte fast meine Füße. Fünf Minuten hat es gedauert, höchstens, aber ich dachte, er wäre tot. Dann öffnete er die Augen, begriff, was geschehen war, und stand lautlos auf, vollkommen ruhig, und nahm unauffällig seinen Platz wieder ein. Als ob es keine Japse gäbe, kein Lager, keinen Krieg. In dem Augenblick wurde mir klar: So muß man leben.«

Der Vater schwieg.

»Er hat mir nie gesagt, daß er nicht schwimmen konnte. Vielleicht hätte ich etwas machen können, wenn ich es gewußt hätte.«

Der alte Mann schaute ihn fragend an und lehnte sich etwas zurück, damit der Wirt den Kaffee hinstellen konnte. Das Klirren der Tassen, man konnte sich vorstellen, daß es sehr weit weg ein kurzes Erdbeben gab, das in entfernten Ländern die Kaffeetassen vibrieren ließ. Dabei war es nur das leichte Händezittern eines alten Wirts. Er berichtete dem Vater von der Torpedierung. Und von Bandung, von Thailand, von London, von Java, von allem, was sich durch Guus' Erzählungen seinem Gedächtnis, seinen Zellen eingebrannt hatte. Von dem Guus, der in ihm steckte, dem Guus, den er in all den Jahren zusammengeträumt und gejagt hatte. Aber er sprach stockend und fast ohne Zusammenhang. Bruchstücke der einen Geschichte tauchten in der nächsten auf, Gedächtnisfäden, Erinnerungsfransen. Immer wieder entschuldigte er sich für sein wirres Erzählen.

»Hat er je von seiner Mutter gesprochen?«

Die Frage verwirrte ihn völlig. Das Wort »Mutter« schnitt ihm ins Fleisch. Das Wort gehörte ihm allein, selbst mit Guus hatte er nie von seiner Mutter sprechen wollen, es steckte tief in ihm, so tief reichte kein Schacht hinab. Und Guus hatte auch nur selten von seiner Mutter gesprochen, für ihn gab es nur seinen Vater, er kannte kein Leben mit einer Mutter.

»Einmal, da sagte er etwas Witziges: ›Ich habe auf meiner Mutter gespielt, ich habe ihren Flügel geerbt. Wenn sie ein Engel ist, ist sie jetzt lahm.‹«

Er fügte hinzu, daß das nur ein winziges Glied aus einer ganzen Kette von Gesprächen war, auf dem Fußmarsch von Ban Pong zu ihrem ersten Lager. Sprach von ihrem unbeugsamen Willen, diesen Marsch zu überleben, von ihrer Unzertrennlichkeit, ihrer verbarrikadierten Welt, ihrem besonderen Blick, ihrem unerschütterlichen Glauben an die Erinnerung, die eigene und die des anderen. In Bandung hatten sie ihre Reserven angelegt, um sie dann langsam aufzubrauchen. »Was vorbei ist, existiert erst wirklich«, lautete ihr Motto. Und es ging vorbei und hörte nicht auf, und Guus und er sahen sich im Bauch der *Bungo Maru* wieder. Kurs: Straße von Formosa, Inselreich des Irrsinns, Torpedo, Tiefe. Peng.

»Guus saß stundenlang unter dem Flügel, wenn seine Mutter übte. Er wohnte unter dem Flügel, hatte da sein Spielzeug um sich herum, er baute seine Hütte nicht auf einem Baum, sondern unter dem Resonanzboden. Er schlief dort ein. Und seine Mutter spielte, was sie konnte. Sie starb, als Guus vier war, im Grunde noch bevor er sie richtig kannte. Sie war die Musik, die Notenlinien in seinem Kopf.«

Darum also hatte Guus bis tief in die Nacht hinein gespielt, darum also hatte er gespielt, wenn die Heinkels ihre Bombenschächte öffneten, darum also war er so elegant gewesen, hatte er dieses innere Gleichgewicht gehabt. Notenlinien in seinem Kopf, eine Mutter, die in ihm weiterübte, ein lahmer Engel, ein Reservoir voller Musik.

Woran Guus wohl gedacht hatte, als er unterging? An seinen Vater, an seinen Flügel, an die Hunde auf der Schwelle? An ihn? Man denkt nicht, wenn man stirbt, man ist einfach, bis zum letzten Augenblick *ist* man. Das Wasser um ihn herum, das ihm den Mund stopfte, den Atem abschnitt, das unendliche Dunkel um seine Augen. Vielleicht hatte er sich daran erinnert, wie er unter dem Flügel geschlafen hatte, wie ein Hund in seinem Korb. Vielleicht waren die Klänge wiedergekehrt, hatte er den Fuß seiner Mutter auf dem Pedal gesehen. Schnipsel aus der Zeit vor der Welt, Musik aus der Zeit vor seinem Vater. Zusammengerollt, vollkommen still, sinkend, wehrlos, am Ende vermißt.

»Er hat oft von Ihnen gesprochen. Manchmal hat er sich Sorgen gemacht, er fragte sich, wie Sie wohl den Krieg überstehen würden. Er meinte, daß die Moffen wohl De Kolkhof beschlagnahmt und Sie einfach vor die Tür gesetzt hätten.«

»Guus war immer in meinen Gedanken, vor allem, als London in Flammen aufging. Zum Glück bekam ich über die Schweiz einen Brief von ihm. Er schrieb, daß er als Freiwilliger nach Ostindien gehen wollte. Aber danach nichts mehr, nicht die kleinste Nachricht.

Nur Gerüchte, die Kriegsjahre waren voller Gerüchte, Halbwahrheiten, man erfuhr vieles nur auf Umwegen. Ich stellte mir vor, daß er in Gefangenschaft wäre, ich sagte mir, daß er ja noch jung wäre, ein Gleichgewichtskünstler, daß er schon durchkommen würde. Man will es, man malt sich selbst ein Bild und hält sich dadurch aufrecht. Erst nach dem Krieg kam der Brief aus Java, ein Brief, der nach Unheil roch, schon bevor ich ihn aufgemacht hatte. Vermißt. Tot also, auch wenn eine Spur Zweifel bleibt. Daß es kein Grab gibt, das ich besuchen kann, das ist schwer zu ertragen. Sehr schwer.«

Guus' Vater. Gesten, das Timbre seiner Stimme. Der kleine Tisch zwischen ihnen wurde langsam auseinandergenommen und entfernt. Guus machte es sich zwischen ihnen bequem, ihre Worte berührten sich, und das Schweigen, das immer wieder eintrat, betonte nur ihre Vertrautheit. Zwei, die sprachen und zuhörten, vereint durch Aufmerksamkeit und Einfühlungsvermögen. Zwei, die in diesem schlichten Wirtshaus neben dem Spielplatz einem Sohn und einem Freund ein Seemannsgrab gaben. Einen Kranz nach dem anderen warfen sie hinab. Ein Ring von Geschichten und Erinnerungen schloß sich um das dunkle Loch im Ozean, in dem es nur abwärts ging.

»Und du, Rob?«

Unvermeidliche Frage, unmögliche Frage, ein Totengräber, der seinen Kollegen fragt: Wann stirbst du?

»Was ich noch gern wissen würde – wenn Sie davon

sprechen möchten, heißt das natürlich –, was hat Guus in dem letzten Brief geschrieben? Wie fühlte er sich in dem Moment, war er optimistisch, was dachte er?«

Als wäre er auf diese Frage vorbereitet gewesen, zog der Vater den Brief aus seiner Innentasche.

»Lies ihn ruhig.«

Vorsichtig nahm er den Brief aus dem Umschlag; Schweizer Poststempel, sah er mit einem Blick. »Lieber Vater …« Der beneidete Vater, der nahe, der mitfühlende. Ein Vater wie eine Mutter. Nicht der Vater, den er selbst einmal geliebt hatte und später aufgegeben, dessen Briefe er zerrissen und ins Meer geworfen hatte. »Lieber Vater«, las er. Handschrift eines feinfühligen Menschen, kleine, kunstvoll geschwungene Buchstaben, regelmäßig, breiter Rand, viel freier Platz. Zartgrüne Tinte und nichts Durchgestrichenes, obwohl der Brief in Eile geschrieben worden war, wie Guus erwähnte – jemand konnte ihn in die Schweiz mitnehmen und dort absenden.

Er erkannte alles wieder, was er las. In wenigen Sätzen die Geschichte von Guus' Londoner Monaten und seiner klaren Entscheidung für die Armee und gegen die Freiheit. Camden Hill, die Feuerwehr, die Stunden in Heywood Hill's Bookshop. Und da stand es: Er sehne sich danach, sein Leben nach etwas anderem zu richten. *Aux armes*, zu den Waffen, gegen die Barbaren, die London in Schutt und Asche legten und die Niederlande annektiert hatten. Fort vom Klavierhocker. »An meinem Klavier bin ich am glücklichsten, Vater, aber es kommt keine Musik mehr heraus. Chopin und Rachmaninow sind nicht weniger genial als früher, aber ich kann sie nicht mehr spielen, wenn an der nächsten Ecke die Häuser brennen.« Gegen Ende des Briefes, beiläufig: »Aus dem Schwimmenlernen ist leider nichts geworden. Aber ich habe das Löschwasser überlebt, also riskiere ich es einfach!« Und seine letzten Worte: »Ich umarme Dich Vater, grüße De Kolkhof und die Hunde – Dein Guus.«

Er schaute auf, konnte nichts sagen, wollte das Schweigen auch eigentlich nicht brechen.

»Und du, Rob?«

Merkte der Vater denn nicht, daß er keine Antwort darauf hatte? Was sollte er sagen? Daß er wie Guus verschwinden werde, nach Südafrika zurückkehren, in die ewigen Jagdgründe, zum Teufel?

»Ich reise bald zurück. Nach Kapstadt, wo ich wohne.« Er wußte nicht, was er dem noch hinzufügen sollte. Er wohnte dort, ja. Sein Körper saß dort am Fenster und am Tisch und lag in einem Bett. Aber die Ziellinie war in Sicht. Er würde zurückkehren, gut.

»Sollen wir uns De Kolkhof ansehen und dann kurz zum Fluß gehen?«

»Wohnen Sie noch dort?«

»Nein, schon lange nicht mehr. Die Engländer haben es bombardiert, die Deutschen, die einquartiert waren, haben es nicht überlebt. Unser kleines lokales Inferno.

Die Feuerwehr kam absichtlich zu spät. Es ist nur noch eine Ruine.«

Sie näherten sich dem Haus oder dem, was davon übrig war. Das Kutschenhaus stand noch, der Tümpel war überwuchert, aber noch sichtbar, die Trauerbuche blühte, als wäre nichts geschehen. Wieder erkannte er alles. Guus' Beschreibungen waren präzise gewesen. Der Vater blieb stehen: »Da war die Waschküche.« Sonst nichts.

»Haben Sie die Gewehre noch, und die Angeln und den Voerman und ...«

»Habe ich alles zurücklassen müssen. Eines Abends haben sie mich abgeholt, verhört, gefragt, wo Guus wäre. Ich konnte wahrheitsgemäß antworten, daß ich das leider nicht wüßte. Sie haben mich freigelassen, aber das Haus war beschlagnahmt, ich mußte zusehen, wo ich blieb. Die Engländer haben hier oft bombardiert, Deventer hat viele Treffer abbekommen. Ich durfte aus De Kolkhof nichts mitnehmen, nur ein paar Fotos und Briefe – nach einigen Schwierigkeiten. Auch die Hunde mußten bleiben. Die Deutschen liebten Hunde.«

Ein Mann allein, mit ein paar Fotos, ein paar Briefen. Und anscheinend ohne Verbitterung; aus keinem Wort war Haß oder Wut herauszuhören. Er sprach von Deutschen statt von Moffen. Rätselhaftes Gleichgewicht, er schien sich über seinen Schmerz erhoben und mit allem abgefunden zu haben. Selbst Guus' Tod hatte er angenommen, oder vielmehr, er trug ihn, wie man ein verletztes Tier trägt, darauf bedacht, jeden Stoß zu vermeiden, zärtlich, voller Hingabe.

»Da ist der Fluß, eine Viertelstunde zu Fuß. Geht das?«

Warum fragte er, ob er so weit gehen konnte? Er selbst hatte einen Stock, wie kam er auf die Idee, daß der Weg für Guus' Freund zu beschwerlich sein könnte? Was wußte er?

Er nickte, sagte so wenig wie möglich, schaute nur, erinnerte sich an jede Einzelheit, die Guus ihm beschrieben hatte. Rekonstruktion des Paradieses. Nichts war mehr wie früher, aber alles noch da, verflüchtigt, in ertrunkenen Worten.

»Das Rehgeweih, das an den Lenker klopft, der baumelnde Kopf neben dem Rahmen. Der verhaltene Triumph beim Einfahren der Beute – mein Vater, der freundlichste Mann, den ich kenne, ist ein Jäger, ein Scharfschütze. Unzählige Male habe ich ihn beobachtet, wie er in der Dämmerung auf den einen Bock wartete, mit der Geduld eines Ochsen. Oder wie er schräg in die Luft zielte, mit dem Lauf den überfliegenden Enten folgte und die heruntertaumelnden Tiere ansah, eine, zwei, manchmal drei Enten zugleich. Die Hunde neben ihm, wie sie zitterten, sie konnten den Befehl *apporte* kaum erwarten. Wie er ihnen nachblickte, ihre Namen rief und ihnen zufrieden die Köpfe tätschelte, wenn sie triefnaß zurückkamen und ihm die Enten vor die Füße legten, sie ließen ihren Herrn dabei nicht aus den

Augen. Sie hatten ein weiches Maul, die Hunde, sie waren darauf trainiert, ihren Biß zu beherrschen. Auf dem Rückweg summte mein Vater immer vor sich hin, wahrscheinlich hätte er am liebsten gesungen, fand das aber unpassend. Dann erreichten wir unser Grundstück, kamen am Tümpel vorbei, und was er geschossen hatte, legten wir in die Waschküche, danach brachten wir die Räder ins Kutschenhaus. Und dann sagte er jedesmal: ›Spiel doch bitte etwas.‹ Egal, ob ich kalte Finger hatte, er setzte sich dann hin, nicht weit vom Flügel; in seinem grünen Pullover mit den Lederflicken an den Ellbogen, seiner dunkelgrünen Jägerhose, die Schuhe hatte er ausgezogen und die Beine auf einen Bücherstapel gelegt. Versuch so was mal zu vergessen.«

Guus, der Mann, der zu vergessen versucht hatte. Oder vielmehr, der nichts vergaß, aber verliebt in die Zukunft war, Pläne schmiedete, einen Kurs festlegte, einen Kurs änderte, wenn es sein mußte. Nach einem Karateschlag in den Nacken aufstand, seinen Platz in der Reihe wieder einnahm, kerzengrade, das Haar in der Mitte gescheitelt.

Er folgte Guus' Vater. Der Fluß glänzte in einiger Entfernung. Das tiefe Grün der Aue wellte sich hier und da wie in einer bescheidenen Dünenlandschaft. Juli war es, die Sonne schien, es war hochsommerlich warm. Weiden blühten, kleine Tümpel bezeichneten die Stelle eines alten Deichbruchs. Enten flogen über sie hinweg, auch Schwäne sah er.

»Die Schöpfung hat hier an diesem Fleck begonnen. Und seitdem hat sich nichts verändert. Guus und ich sind oft hier gewesen.«

»Hätten Sie etwas dagegen, wenn wir einen Moment stehenbleiben würden? Ich muß mich kurz ausruhen.«

Guus' Vater schaute ihn aufmerksam an, wollte etwas sagen, überlegte es sich aber offenbar anders. Er zeigte auf einen kleinen Erdhügel und steckte seinen Wanderstock in ein sumpfiges Stückchen Wiese.

»Es tut mir leid, ich schaffe es nicht bis zum Fluß, mein Rücken schmerzt zu sehr.«

Wieso sein Rücken? Warum sagte er nicht, daß er sterben würde, daß er innerlich vollkommen zerfressen war, daß die Schmerzen und die Müdigkeit nichts mit seinem Rücken zu tun hatten? Unmöglich, damit konnte er Guus' Vater nicht behelligen. Aber im Grunde spürte er, daß er ihm nichts vormachen konnte. Sein Schweigen sagte genug. Er fragte nicht nach seinem Rücken, er ging nicht darauf ein, schaute auf den Fluß, ebenso still wie der Freund seines Sohnes.

»Ich habe hier etwas für dich. Eins der wenigen Dinge, die ich aus dem Haus mitnehmen konnte. Das Foto habe ich in einem der letzten Monate gemacht, als Guus zu Hause lernte. Mit Blitzlicht, ich hatte die Tür lautlos geöffnet, und Guus sah erst auf, als er den Apparat hörte. Es ist für dich.«

Guus im Zimmer seines Vaters, dem Zimmer, das er in- und auswendig kannte. Er saß an einem großen

Schreibtisch, größer, als er ihn sich vorgestellt hatte. Ein Schreibtisch wie der, an dem er selbst als sechzehnjähriger Junge gesessen, dessen Schubladen er aufgezogen und wieder geschlossen hatte auf der Suche nach nichts, an einem aschgrauen Nachmittag, in einer verlorenen Stunde. Brüder auf dem Eis, Mutter ausgegangen, Vater in voller Lebensgröße in einem versteckten Heftchen.

Guus war in ein unsichtbares Problem vertieft, ein juristisches Scharmützel, ein Gesetz, das mit Füßen getreten wurde. Blitz, auf ewig festgeschmiedet, unbeweglich; Wand, Gemälde, Bücherschränke, ein Gewehr zur Hälfte sichtbar, ein Ecktischchen mit Strohblumen, an den Schreibtisch gelehnt eine Tasche, aus der Papiere herausschauen. Der Traum, das Paradies, der Vater ganz nah, noch nirgends eine Zukunft zu erkennen. Noch nirgends die Leere, die Angst. Deutsche Stimmen, die Bomben, die später einschlagen sollten, das Heulen der Hunde während des Angriffs.

Er schaute zum Fluß hinüber. Der gelbe Sand an den Ufern hob sich hell von der Umgebung ab. Der Schlag einer Schiffsglocke tönte über die Wiesen. Juli, die Sonne auf dem Höhepunkt ihrer Kraft, die Einsamkeit allgegenwärtig. Er wünschte sich, zum Fluß laufen zu können, ins Wasser. Zum Ufer rennen, auf eine Kribbe, Kopfsprung. Früher hatte er das gemacht, mit seinen Brüdern. Stromabwärts treiben lassen und zwei, drei Kribben weiter wieder aus dem Wasser. Nichts ging mehr, nicht einmal weinen konnte er noch. Er steckte das Foto ein und stand mühsam auf.

Auf der Rückfahrt saß er zwei Stunden mäuschenstill in einem vollen Abteil mit rauchenden und redenden Menschen. Es störte ihn nicht, Fremde störten ihn nie. Guus' Vater hatte ihn in einem alten Citroën zum Bahnhof gebracht, genau dem gleichen wie dem, den er in Lourenço Marques gefahren hatte. Bevor er in den Zug stieg, hatten sie sich bei den Schultern gefaßt. Der alte Mann schien ihn umarmen zu wollen, aber er tat, als merkte er es nicht. Er kletterte die Stufen in den düsteren Waggon hinauf. Der Vater sah, wie das Dunkel ihn aufnahm, tippte ihm auf den Rücken und sagte: »Du hast Guus …«, aber ein anderer Fahrgast, der fast zu spät kam, drängte sich dazwischen, die Tür klappte zu. Die Lok zog an. Was er auch hatte sagen wollen, es konnte kein Wort mehr zwischen sie treten.

Der Nachmittag war schon weit vorgeschritten, er starrte hinaus ins Helle, auf das Land voller Sonne, voller Betriebsamkeit. Unzusammenhängende Gedanken gingen ihm durch den Kopf, Gedanken an seine Mutter und an die Tage mit seinen Brüdern, nach der Einäscherung. Landschaft schob sich im Eiltempo am Fenster vorbei. Aber was sich da draußen tat, berührte ihn nicht mehr. Er sehnte sich nach Kapstadt.

Nach dem gewaltigen Kapstadt.